U0892954

我的
超能男友
-系列01-

未曾怦然，便已心动

大鱼

有爱的青春陪伴者

怦然星动

木容 著 Murong

中国致公出版社

图书在版编目（CIP）数据

怦然星动 / 木容著 . -- 北京 : 中国致公出版社，
2020

ISBN 978-7-5145-1636-4

Ⅰ . ①怦… Ⅱ . ①木… Ⅲ . ①长篇小说 – 中国 – 当代
Ⅳ . ① I247.5

中国版本图书馆 CIP 数据核字 (2020) 第 038137 号

怦然星动 / 木容 著

出　　版 中国致公出版社
（北京市朝阳区八里庄西里 100 号住邦 2000 大厦 1 号楼西区 21 层）
出　　品 大鱼文化
发　　行 中国致公出版社（010-66121708）
作品企划 大鱼文化
责任编辑 方　莹　邓　苗
特约编辑 伍　利　徐俊俊
装帧设计 严曼丽　蔡　璨
印　　刷 湖南凌宇纸品有限公司
版　　次 2020 年 7 月第 1 版
印　　次 2020 年 7 月第 1 次印刷
开　　本 880mm × 1230mm 1/32
印　　张 9
字　　数 190 千字
书　　号 ISBN 978-7-5145-1636-4
定　　价 36.80 元

目录

contents

目录

contents

第一章

会倒霉哦，从遇到我开始

Pengran Xingdong

天空和大海都是浓重的墨色，却意外地边界分明。李沐恩怀里抱着相机，踏上了一艘轻轻摇晃着的小渔船。

这里是日本的一个小渔村，传说这里曾多次出现过“不知火”。

在日本神话里，每到旧历七月晦日风弱或是新月之夜时，八代海和有明海的海面上就会凭空出现火焰。这种神奇的火光属于海市蜃楼的一种，是在机缘巧合下折射了附近渔火的奇观。

小渔船缓缓驶入大海。掌舵的是一名年长的本地渔民，性子害羞木讷，偶尔才会和自己身边的翻译小姐低声耳语几句。

“大叔说他在这里捕了大半辈子的鱼，他年轻的时候还见过几次不知火，可这几十年它再也没出现过。李小姐，你想拍到不知火，恐怕要失望了。”

李沐恩是一家杂志社的摄影师。她的工作就是飞往世界各地，将珍贵的画面用相机记录下来并呈现到读者眼前。杂志近来策划了一个“世界奇观”的选题，日本的不知火是其中一项内容。

不知火可遇不可求，这点大家都心知肚明。其余的同事在拍摄了几张海岸线照片之后便各自散去了，只有李沐恩独自等到了晚上，请来当地渔民和翻译出海拍摄。

“没关系，我也知道能拍到不知火的概率很小。”李沐恩调试好相机，举到眼前。

取景器里还是一片浓浓夜色。李沐恩按着快门，突然看到屏幕中出现了一个光亮的点。

海面上凭空出现了火焰。

先是小小的一朵，而后两朵、三朵……一簇簇火焰密布在海面上，转眼将渔船包围。

渔夫大叔喊了一句什么，翻译小姐的声音都发颤了：“不知火！这是不知火！”

不等别人提醒，李沐恩已经开始按动快门。她不停地变换镜头，拍下一张又一张珍贵照片。

“李小姐，你的运气实在是太好了。”

人们常说，乐极生悲，否极泰来。可这世上偏偏就有从出生就过得一帆风顺的人，李沐恩就是这么一个运气极好的人。她貌美聪颖，生来就有一个好家世，买彩票会中奖，手游随手抽卡就是SSR（手游《阴阳师》式神最高稀有度），考试时随便猜一个答案都能蒙对。这样的幸运，已经不能用简单的“顺风顺水”来形容了。

她简直是受到了神明的眷顾。

做了摄影师之后，李沐恩更是常常能拍到别人拍不到的宝贵画面——譬如昨晚的不知火。

同事们的艳羡都写在了脸上。可机会已经错过了，哀号也无济于事。眼下离起身返程还有半天的时间，与其纠结照片，不如再去附近转转。

有人提议："附近小镇上有个古董市场，不如去那里？"

提议得到了大多数人的赞同，领队立即租了车，带着摄影队前往古董市场。

古董市场十分热闹，大家耳边忽然传来一声突兀的中文："同胞？"

这让众人停住脚步，其中一人问："中国人？"

柜台后站着一个身材高挑的长发男子，他嘿嘿一笑："对呀。要不要来我这里看看，可以给你们打折哦。"

一行人走进了店里。

店面不大，里面摆的东西却不少，每件古董下面都摆着价签，价格旁边写着一串编码。

有同事好奇："这串数字是什么？"

"那个是本店的特别活动。"老板抱出一个木箱，"用很低的价格就可以买一张奖券，如果券上有编码，就可以拿走编码对应的商品。"

同行的同事拽了拽李沐恩："你去试试，肯定能抽到头奖。"

老板"哦"了一声："你运气这么好？那要认真选哦，一等奖只有一张。"

李沐恩抽出一张奖券，刮开一看，上面果然写着"一等奖"。

老板流露出懊恼的神情："我这次亏大了。"

他拿出一个木盒："这可是镇店之宝。"

李沐恩打开了木盒。

木盒里铺着锦缎，中间却躺着一个旧铃铛。

铃铛倒是很精美，上面鎏有奇异的纹路，可因为时代久远，看起来斑斑驳驳，灰头土脸。李沐恩把它拿起来，铃铛立刻发出了清脆悦耳的声响。

即便声音再好听，看起来也只不过是个破烂的铃铛。有人打抱不平："老板，你不会是随便找了个不值钱的东西糊弄人吧？"

"不值钱？"老板微微一笑，音调却拔高了，"这可是我店里最值钱的东西。小姑娘，你知不知道，在五百年前，曾经有一个叫作'须弥'的国度？"

李沐恩以摄影为生，游遍全球，但还真没听说过"须弥"，只能摇头。

"你没听说过也是正常。"老板说，"那是一个古老的边陲小国，领土不大，国民不多，若非刻意留心，恐怕没人能记得它。"

说完，他幽幽叹气："这个铃铛比你想象的更珍贵。"

李沐恩带回的照片引起了不小的轰动。

"不愧是沐恩，果然是福星！"主管的嘴都乐歪了，"这样下去迟早要拿荷赛奖！"

李沐恩笑了笑："荷赛奖可不是光凭运气就能拿到的。"

主管拍拍她的肩膀："运气也是实力的一环嘛！"

回到家中，李沐恩开始收拾自己的行李。行李箱被塞得满满当当的，李沐恩才把它打开，铃铛就掉了出来。

铃铛被一个小小的铁圈钩住，拴在一条缎带上。李沐恩瞥了它一眼，随手把它扔到床上。

谁料钩铃铛的铁圈没有焊接好，探出了一根小小的刺。铁刺划破李沐恩的手指，鲜血沾染到了铃铛上。

“嘶——”李沐恩倒抽一口凉气。她手忙脚乱地去拿身边的抽纸，压住伤口。

眼前似乎闪过一道光，李沐恩抬头，看到被自己扔到床上的铃铛正发着光。光芒忽明忽暗，最终炫目到让人睁不开眼。

光芒中显现出了一个人影，人影发出声音：“你是……何人？”

忽然响起的男性嗓音让李沐恩一怔。她定了定神，看见一个高大的男人正站在她的床上，那个旧铃铛正安静地伏在他的脚下。

凭空出现的男人穿着长袍，长发散在身后，脸上是茫然的神色，仿佛刚刚从数百年的长梦中醒来。

李沐恩望了他一眼，不自觉地吞咽了一口口水。

这个男人……简直英俊到让人过目不忘！

“我在……”他似醒非醒，怔怔地看了看李沐恩，“哪里？”

还是李沐恩反应快，她飞快抄起行李箱里的单反相机，举到眼前，按下快门。

要是能拍到鬼，搞不好真的能拿荷赛奖！

看见眼前的女人突然拿出了自己没见过的东西，男人突然清醒了：“你手里拿的是什么东西？”

李沐恩哪管这些，闪光灯闪个不停，男人没来由地慌了神：“喂，你——”

他向前踏出一步，却没注意自己已站到了床沿，于是直接掉了下去，压在李沐恩的身上。李沐恩一个哆嗦，终于感受到了恐惧，扯开喉咙大喊：“鬼啊！”

“你说谁是鬼？是鬼的话还碰得到你吗？”男人有些慌乱，伸手去捂她的嘴，“我可是神明！”

李沐恩瞪大眼睛望着他。

“不要乱喊，听明白了吗？”男人的发丝垂落下来，拂过李沐恩的耳际，“听明白了就点点头。”

李沐恩听话地点了点头。

“我可是正儿八经的神明，不是什么鬼怪。我叫禄存。”这个自称为“禄存”的男人急于证明自己并非什么可疑人物，“是一个厄运神——你知道厄运神是什么吗？”

李沐恩摇摇头。

“在这个世界上，存在‘福运’和‘厄运’两种运场。福运能让人走运，厄运能让人倒霉。所谓厄运神，就是司掌厄运的神明。”禄存耐心地解释，“明白了吗？”

李沐恩点点头，拨开他的手，开口说：“明白了，就是扫把星。”

“啧。”禄存翻了个白眼，“也可以这么说。”

他缓缓站起身来。

“我被封印在这个铃铛里已经很久了。”他拿起手边的铃铛，蹙着眉头，似乎在努力回想着什么，“看这铃铛旧成这样，想必时间已过去了数百年……这个铃铛是怎么到你手上的？”

李沐恩倒也不觉得害怕：“我买的。”

“既然是你买的，那就是你的，君子不夺人所爱，铃铛还你。”禄存将铃铛扔给李沐恩，继而自言自语，“看来是紫微觉得我已还清罪孽，放我出来了。”

“既然如此，那就不多叨扰。”这个扫把星向她略施一礼，“惊吓到姑娘非我本意，还望姑娘见谅。在下先行告辞。”

“那好。”李沐恩站起身来，“我送送你。”

禄存定定地看着她：“你不挽留我一下？”

李沐恩摇头：“不留。”

禄存嘟嘴，竟有些可爱：“我刚刚从铃铛里出来，人生地不熟，也不认识什么朋友……”

李沐恩诚实地说出了自己内心的想法：“谁要留扫把星在家啊？”

禄存一翻白眼：“世态炎凉，人情淡薄。数百年后，仍是如此。也罢，也罢。”

他叹一口气，抬脚迈步，眼看就要出房门。李沐恩跟在他身后，想把他送出门外。

才踏出门口，禄存猛地一转身。

“方才我就觉得有什么不对。”他突然露出一副认真的神情，逼近李沐恩，“你——”

他抬起手来，伸出一根手指，点了一下李沐恩的额头，那里立刻散发出柔柔的光芒。

“福运多到不正常。”禄存严肃道，“远超常人该拥有的量。”

李沐恩有所警觉：“你想干什么？”

他忽然伸手捏住了李沐恩的下巴，竟做出一副要吻上来的姿态。李沐恩浑身一抖，退后一步，猛地向前推了一把：“你干什么？”

“回收你身上多余的福运。”禄存正色道，“福厄皆有定数，如果出现异常，就会扰乱其他人的正常生活。回收多余的福运原本就是厄运神的工作。”

李沐恩一听，简直毛骨悚然：“你们扫把星收回福运是靠亲、亲……”

禄存淡然开口，见怪不怪：“不光是厄运神，福运神赐予福运也是这个流程。”

李沐恩反问：“如果是男人呢？”

“做神呢，这点敬业精神还是要有的。别说是男人，就是条狗我也下得去嘴。更何况我觉得你……”他再次打量李沐恩，“我觉得我也不吃亏。”

“我觉得我吃亏！”李沐恩光速向后撤退，“如果被你收走了多余的福运会怎么样？”

禄存笑眯眯地说：“会倒霉哦，就从你遇到我开始。”

李沐恩看着他，随即手上重重一甩，把房门狠狠摔了回去，并反锁上：“谁要把福运还给你啊！”

门外传来一声闷哼。禄存被门板碰到了鼻子，不由得吃痛出声。

“把门打开。”

李沐恩自然不会乖乖听话。

她向后退去，却看到门板开始不断振动。

没有敲门声，也没有推搡的声响，门却凭空开始振动，情形非常诡异。

放置在门口的壁橱也不停地摇晃。李沐恩抬头望去，看到顶部的隔断抖得尤其剧烈，那里放着冬天要用的棉被和床褥。

“把门打开。”门外的禄存再次开口，“我数三声，三、二、一——”

“一”字刚说出口，房门便轰然倒下，裂成了两半。禄存仍旧笑眯眯的，但那笑容里透出一丝恐怖。

“其实我也不想为难你的。”他一脚踩在那个可怜的门板上，“不好意思，我要是想跟紫微要回自己的记忆，总不能空着手去找他。刚好可以拿你多出来的福运回去交差——帮个忙嘛，冲个业绩。”

李沐恩伸出一根手指，指了指他的头顶：“那个……”

“现在害怕了？晚了。”禄存笑容阴森，“区区凡人，竟敢跟神明作对——”

话没说完，禄存便察觉到头顶有一片阴影向自己砸来。放在壁橱顶端的棉被、床褥随着振动不停摇晃，不知何时已经顶开了柜门，重重地砸了下来。

正中目标。

那是入冬之后才会用到的棉被，重量不容小觑，冷不丁地砸到头上会让人头脑发蒙。禄存猝不及防，一个踉跄，直接顶着棉被趴到了地上。

李沐恩的好运气又一次帮到了她。她看准时机，踩着禄存还被闷在棉被里的脑袋，大步跨了出去，仓皇落逃。

“你给我等着。”禄存手忙脚乱地扯着缠住自己的棉被，“我不会放过你的！”

李沐恩觉得自己最近开始倒霉了。

“倒霉”，对她来说是个多么陌生的字眼，可自从遇到了那个所谓的“厄运神”，一切就变得不一样了。

喝咖啡的时候会烫到手，吃饭会把汤汁洒到衣服上，就连拍照片也会常常拍出虚影。

这些在以前都是不会发生的。

虽然那个叫禄存的厄运神消失了，但厄运并没有随之消失。她之前壮着胆子带着朋友回到家中，却发现家里仍散布着一堆的被子和破碎的门板，除此之外静悄悄的，仿佛什么都没有发生过。

难道真的只是一场梦？李沐恩不由得头脑发痛，手上一用力，一枚订书钉卡在了订书机里。

真倒霉！李沐恩在心里暗骂一声，抬起头来想拿起钉器，眼角却瞥到了一个熟悉的身影。

禄存半倚在办公室的门框上，微笑着向李沐恩招了招手。

李沐恩背后的汗毛竖了起来，猛地起身：“你来这里干什么？”

禄存优哉游哉地把手揣回衣袖，笑而不语。

身旁的同事愣愣地看了看门口，怯生生地问了一句：“那边……

有人吗？”

门外太阳正好，禄存背沐阳光，脚下却无丝毫阴影。

看来这家伙是故意只让自己看得到他。李沐恩知道禄存是在故意整她，只好强迫自己冷静下来，静观其变。

禄存飘到她跟前，看着她胸前的工牌：“原来你叫李沐恩啊。”

李沐恩视而不见。

“李沐恩，李沐恩……”他把这三个字在口中默念了几遍，又贴了上来，“李沐恩小姐，倒霉的感觉如何啊？这几天有没有切身感受到人世间的疾苦？”

果然是他在从中捣鬼！李沐恩愤愤地把手上的文件摔到桌上，仍旧一言不发。

“这只是给你的小小警告。如果你执意不肯把自己身上多余的福运还给我，那可是要吃大苦头的。”禄存玩味地看着她，“要怪就怪你自己倒霉遇上了我。原本福厄失衡之人就不多，几千年也不一定能出现一个。好不容易遇上了你，我怎么能轻易放过？”

李沐恩拿着自己桌上的马克杯走出办公室，来到走廊上的饮水机前接水。她原本想喝热水，可转念一想，自己前几天刚被烫到，于是按下了冷水键。

禄存在她身边笑眯眯地看着她喝下那杯凉水。只见李沐恩一翻白眼，随即咳嗽不止，把才咽到喉咙里的水呛了出来。

“这就是所谓的喝凉水都塞牙。”禄存嘿嘿一乐，“倒霉的感觉怎么样？”

李沐恩也不是什么善茬，她右手一扬，将杯子里的水全部向禄存泼去。可禄存并不惊慌，他食指一指，那些水便停在了半空；他用指尖画了一个圈，那些水又向上升去；他打了一个响指，那些水便倏然从半空中坠落，将李沐恩淋了个透彻。

“再给你一次机会。”禄存微笑道，“要不要把身上多余的福运还给我？”

李沐恩低着头，胸口不断起伏，像是气急了。可她仰起头时却面带笑容：“好啊。”

禄存显然没料到，可李沐恩已经把手伸了过来，手指像探过了一道虚影，什么都抓不到。

“可你总得先变回来吧。”李沐恩的脸上还挂着水痕，声音里有着略带撒娇的委屈，“碰都碰不到，我怎么把福运还给你？”

禄存觉得在理，长袖一挥便显出了身形。

李沐恩伸手抓住他的衣襟，踮起脚：“我记得你说过，把福运还回去的方法是……”

一想到“亲吻”这两个字，禄存喉头一动，身子竟不自觉地后仰出了一个弧度。

眼前的李沐恩脸上带着微笑，发梢沾着水珠，身后披着阳光，样子实在是过于美丽。

禄存看见李沐恩踮脚靠近自己，竟不由自主地闭上了眼睛。

头顶突然有什么爆裂开来，禄存一个重心不稳，仰倒下去。昏过去之前，他努力睁眼，看见李沐恩手里正拿着一个马克杯的杯把——

那个可怜的杯子早就被他的头磕碎了。

“亲吻？”李沐恩冷笑，“姑奶奶我用杯子能亲得你头破血流！”

她蹲下身子，拍了拍禄存的脸。

确认他完全昏死过去之后，李沐恩抬头看了看四周。走廊上空无一人，只有一个监控摄像头，指示灯还是熄灭的。她的运气就是这么好，在这种要命的关头连摄像头都自动乖乖罢了工。

怪不得禄存要收回她的福运，有这样的运气，不管做什么都不会让别人察觉。李沐恩暗自得意。

她扯着禄存，把他拖到了不远处的器材室，架到椅子上，又用胶带和麻绳将他绑好。一切就绪之后，李沐恩锁好器材室，悄声离开。

即使他是神明，这些小把戏耐他不何，但也足够挫挫他的锐气了。

李沐恩揉着手腕回到办公室，看到钟表已经指向了下班的钟点。

与同事告别之后，李沐恩回到了家中。家里还是空荡荡的，只有她一个人。

把包包随手扔到床上之后，李沐恩甩掉高跟鞋，瘫在椅子上，忽然又瞥见了被自己随手搁置在梳妆台的那个铃铛。

就是那个铃铛，成了她不幸的开端。

李沐恩把铃铛拿到手中，轻轻晃了晃。

“丁零——”

铃铛忽而再次发光，惊得李沐恩险些失手把它扔出去。

禄存凭空出现在了她的眼前。他仍在昏睡，双眼紧闭，手腕上还缠着胶带。

李沐恩看着眼前突然出现的禄存，想起了一种可能。她跑到浴室，晃动铃铛。

“丁零——”禄存出现在了她的眼前。

李沐恩又跑到阳台，晃动铃铛。

“丁零——”禄存又出现在她的眼前。

李沐恩“啊”了一声，明白了。

只要铃铛响了，禄存必定会出现。

要是这样，那就好办多了。

翌日早晨，李沐恩悠悠醒来。在这个难得的休息日，她放心地睡了一个懒觉，才慵懒睁眼。

等到洗漱装扮完毕，李沐恩拿出铃铛，轻轻晃了晃。

铃铛发出“丁零”一声清响，随即禄存出现在了李沐恩的面前。他赤身裸体，仅在下身围了一条浴巾，头发更是濡湿，身上还散发着隐隐的热气，明显是出浴不久。

禄存似乎是打算换衣服，搭在浴巾上的手才解开一点，却发现周遭环境已变，李沐恩站在他面前。

他立刻把腰上的浴巾紧紧地掖了回去。

看着笑眯眯的李沐恩，禄存脸上立刻浮现出咬牙切齿的神情：“你搞什么鬼？！”

早上醒来，周遭一片昏暗，看不清是在何处，禄存揉着自己的头，心中倒也不惊慌。

李沐恩不过一介凡人女子，力气小，耐性差，还要担心别人瞧见自己拖行一具“尸体”，自然不会把他挪到太远的地方。依他来看，自己可能还在杂志社的某个房间里。

可围绕在鼻子周围的臭味却告诉他事情可能并没有这么简单。

禄存起身，响指一打，指尖聚拢一簇明火。他环顾四周，发觉自己离杂志社还真不算近。

垃圾处理场。

那个女人居然把自己当成垃圾扔在了这里!

且不说李沐恩是如何把自己搬运到这里的，垃圾场熏天的臭气已让禄存作呕不止。他回到家中，把自己洗了个彻彻底底，谁料刚洗完，却又莫名其妙地来到了李沐恩的家中。

她对他微笑道：“我怕你找不到回我家的路，特意让你过来。你不感谢我，反而凶我，也太白眼狼了。”

“白眼狼？”禄存愤愤道，“别告诉我昨晚的事与你无关！难不成我是自己飞到垃圾场的？”

李沐恩笑而不语。

她昨晚独自驱车去了垃圾处理厂，又在那里晃动了铃铛，成功地把禄存扔在了那里。可铃铛的玄妙，禄存本人似乎还不知道。

“先不说那个。”禄存上前一步，“告诉我，你是怎么把我弄到这里来的？一介凡人，居然有召唤神明的本事？”

李沐恩向他眨眨眼，嘴里蹦出两个字：“你猜？”

自己如今这副半裸不裸的样子实在上不得台面，见李沐恩一副等着看他笑话的表情，禄存瞪了她一眼，一个转身便消失了。

李沐恩还有心情向他摆手告别："等会儿再见哦。"

等到下午，李沐恩又拿出铃铛，轻轻晃了晃。

禄存再次出现在她的面前。与上午不同，这次的禄存系着围裙，手里还拿着一把锅铲。看那认真的神情，俨然是一副贤妻良母的模样。

面前的锅具突然消失不见，禄存错愕抬头，又对上了李沐恩的眼睛："李沐恩，你到底搞什么鬼？"

李沐恩还是笑眯眯的："只是想看看你在干什么。没想到堂堂神明大人还要自己做饭啊。"

"我喜欢，不可以吗？"禄存惦记还在灶上的饭菜，愤愤地丢下一句话便转身消失了。

第三次召唤是在晚上。

李沐恩半躺在沙发上，铃铛才被轻轻晃了三下，禄存便应声现身。

这次的他与前两次明显不同。此时的禄存长发变成了短发，衣服也换成了剪裁得体的西装，俨然成了一个融入到现代社会的人。

禄存正手持一只高脚酒杯，面带笑容，欲与面前的人碰杯。看见面前的人猛然间变成了李沐恩，他的神色立刻变了。

"我的神明大人穿成这副模样居然还不错。"李沐恩开口，"看你穿成这个样子，难不成我打扰到你和别人约会了？"

"李沐恩！"禄存终于恼羞成怒，手中的酒杯应声而碎，"你到底干了什么？你可知道，凡人召唤神明是大不敬，一旦召唤——”

李沐恩嘻嘻笑着：“一旦召唤，那会怎么样？”

禄存把下半句咽回了肚子：“告诉我，你是怎么召唤我的？”

那个铃铛明晃晃地挂在李沐恩的胸前，但禄存并未发觉它的玄妙。她微微一笑：“看来神明也有无可奈何的事情。既然如此，不如我们定一个协议——从今往后，你不要来招惹我，我也不去招惹你。怎么样，很公平吧？”

“你——”禄存反问，“在威胁神明？”

“不算威胁，公平交易而已。”李沐恩微笑，“神明大人意下如何？”

禄存冷笑一声：“可笑，自不量力的凡人。”

“不答应也没关系。”李沐恩不慌不忙，“我还有别的方案。”

李沐恩所谓的“别的方案”是寄希望于一个星观。

所谓星观，乃是以夜空中三垣二十八星宿为本，用以占卜福祸、祈福消厄的场所。虽说李沐恩也算是个高级知识分子，对于此等有些封建迷信的产物向来不信，可自己家里就有一个阴魂不散的扫把星，她只好死马当作活马医，准备去碰碰运气。

说起星观，最出名的当属星河观。传说此观是当年的钦天监监正星河所建，灵验得很，香火自然鼎盛，里面也不乏高人。

既然有高人，那么驱除一个扫把星似乎也不是什么难事。

“如果你执意要跟着我，”李沐恩威胁道，“我会找高人来把你驱除掉哦。”

“那你大可以试试。”禄存挑眉，“我倒要看看，你能找来多‘高’

的高人。”

李沐恩驾车来到了星河观。

禄存坐在副驾驶的位置。车窗外阳光明媚，座椅上却没有他的影子——他又故意只让李沐恩看得到自己。

打开车门，星观门口已有人出门迎接。

“李沐恩小姐？”来者向李沐恩伸出了手，“在下星河观少主陈思达，按照李小姐的预约已经在此恭候多时了——没想到李小姐竟然如此美丽，能与李小姐相遇，实在是陈某的幸运。”

陈思达年纪轻轻，仪表堂堂，只可惜一身纨绔气息是英俊的长相都遮盖不了的。见李沐恩貌美动人，他就急着献殷勤，这是连禄存都看得出来的事情。

禄存在一旁伸出一根手指，用指尖轻轻画了一个圈。

李沐恩伸出手来，正要与陈思达握手，不料两人的手指刚触碰在一起，指尖便猛地炸起一朵小小的闪光，让两个人不由得缩了手。

“哈哈哈……”陈思达为掩饰尴尬，只能干笑，“天干物燥，难免有静电。”

握手不成，陈思达只能规规矩矩地引李沐恩来到房内：“不知道李小姐这次来我星河观有什么事？”

李沐恩坦言：“我被奇怪的东西缠上了。”

陈思达“哦”了一声：“这倒也不是什么大事。经常有人来本观祈福驱厄。李小姐放心，不论是什么邪祟，陈某都能让他不能再近李小姐的身。”

李沐恩听到自己的耳后传来轻笑：“我就站在他面前他都看不到，这就是你所谓的‘高人’？”

这句话陈思达自然听不到，他自顾自地在柜子中翻找着，拿出几张纸符来。

“这是我陈家的秘制灵符。”陈思达将那几张纸符交到李沐恩手中，“李小姐只需把它带在身上，邪祟自然不敢再来。”

李沐恩才把纸符拿到手中，禄存就凑了上来：“不过是几张法力薄弱的废纸，值得他夸下海口？”

说罢，禄存打了个响指，那几张纸符忽然自燃，惊得李沐恩将手里的纸符扔了出去。

陈思达见此也变了脸色。他又转身翻箱倒柜，找出了别的东西。

这次是一只小小的桃木剑，只有半指的长度，由一根红线拴着。

“这是守护符，效力比灵符更强。”陈思达道，“李小姐只要把它戴到脖子上，就可以高枕无忧了。”

禄存轻笑一声，食指凭空一挑，还被陈思达拿在手里的小桃木剑便倏然裂成两半，掉在了地上。

陈思达一愣，随即脸色涨红，恼羞成怒。他本来盘算着要在美女面前好好表现一番，结果这个不识相的邪祟居然如此不给他脸面，实在是不可原谅。

他将一块羊毛毡铺在桌上，又提起毛笔，一边翻阅手边的古籍，一边照葫芦画瓢地顺着古籍上的图案在羊毛毡上画起了阵法。

禄存上前看了看：“这是——”

“现形阵！”陈思达搁笔念咒，“管你是什么妖魔鬼怪，在此阵面前皆无可遁形！”

话一说完，阵法果然熠熠生光。陈思达泄恨般地笑了笑。李沐恩则在一旁看热闹：“这下你躲不掉了吧？”

“我看未必。”禄存看起来并不惊慌，“这家伙也就有点三脚猫的功夫，现形阵对他来说怕是太过复杂。这个阵法他画错了好几处，就让现形阵变成了——”

阵法中间渐渐出现了一个女子的身影。

“——召唤阵。”

那名女子身着一袭红衣长裙，长发柔柔垂至腰际。她轻轻在阵法中落下脚来，俯视众人，目光最终落在了陈思达的身上。

“我乃福运神天同。”声音在耳边响起，陈思达却并未看到她张嘴，“是何人召唤我至此？”

眼前这个突然出现的女子貌美惊人，脖颈上还系着一条红色的缎带。

陈思达已经惊到木然，喃喃自语：“好漂亮的天仙姐姐。”

名为天同的福运神瞥了他一眼，嘴角扬起冷笑：“你把我召唤至此，就是为了说这些？”

陈思达立刻想起自己还有正事在身，连忙油腔滑调地开口求人：“当然不是。天仙姐姐，我想请你帮我一个忙。”

他抬起手来，指了指天同身后的李沐恩：“这位李小姐不小心招惹上了奇怪的东西，烦请天仙姐姐帮帮忙，除掉邪祟。”

天同听后转过身来，望着同样仰视她的李沐恩。

“李沐恩，”她将李沐恩上下打量一番，“你身上多余的福运竟然还没被回收。禄存，你的效率就只有这样？”

禄存脸上笑容褪去，他现出身形：“你认得我是谁？”

天同却未回答他的问题，径直将手伸向李沐恩：“回收福运哪里用得着这么麻烦。禄存，你被关了五百年，脑子被关傻了吗？”

她的手指触碰到李沐恩的嘴唇，随即轻轻一勾，李沐恩便不由自主地张开了嘴，从口中吐出一团雾似的东西。

李沐恩脸上浮出惊恐的表情。她想闪躲，却发现身体根本动弹不得。

天同正要将那个东西扯出来，不料禄存转眼便挡在李沐恩身前，略一抬手，将那团白雾斩开了。

“强行回收福运会对持有者造成不可逆转的身体伤害。”禄存死死地盯着天同，“不要告诉我，你身为福运神连这个都不知道。”

“维持福厄平衡，不仅是厄运神的事，也是福运神的事。我只是在履行自己的职责。”天同道，“倒是你，禄存，你什么时候变得这么优柔寡断了？”

天同说罢，还要再次伸手。禄存见状，直接上前擒住了她的手腕。

“怎么，你要拦我？”天同道，“禄存，你恐怕不知道五百年有多长。如今我已经成为福德宫的主人，而你不过是一个低阶厄运神，你以为真动起手来自己会有胜算？你难道不想早日回紫微那里复命，拿回自已的神职和记忆？”

禄存甩开她的手，将李沐恩护在身后：“记忆迟早会拿回来的，但不是用这种方式。”

“固执，迂腐，冥顽不灵。”天同冷笑，“难怪你五百年前会犯下那样的重罪，一直被封印到现在。”

“五百年前，”听到天同的这句话，禄存立马察觉到她知道当年的详情，“我到底做了什么？”

天同并不理睬禄存。她略抬双臂，脚下立刻升起光圈，再一扬手，那光圈便冲着李沐恩汹汹而来。

禄存转身搂住李沐恩，瞬间消失不见，那光圈扑了个空，便消失了。

“即使是人，也不会蠢到在同一个地方跌倒两次。没想到当年叱咤风云的禄存居然愚蠢到时隔五百年还去犯同一个错误，”天同又冷笑一声，“而且是在同一个人身上犯同样的错误。”

她转身回头，望向已然呆若木鸡的陈思达。

“还有你。你可知道，凡人召唤神明是大不敬，一旦召唤——”

陈思达不由得吞咽了一口口水：“一旦召唤会怎么样？”

“一旦召唤，就是一生纠缠。”天同一转身，“我可不想和禄存犯同样的错误。”说完，她就消失了。

“你刚刚……是救了我吗？”

事发太快，大脑根本来不及思考，等到李沐恩回过神来，却发现自己早已回到了家中，还躺在禄存的怀里。

那是公主抱的姿势。

后知后觉的禄存也察觉到这样的姿势过于暧昧，他将李沐恩轻轻放下：“是啊，那你准备怎么报答我？乖乖把福运还给我？”

李沐恩搡他一把：“想得美，傻子才会把福运还给你！看刚刚那个架势，我要是被那个什么福运神得了手，搞不好现在连命都没有了！”

“不会的，她不会真的对你动杀心。”禄存淡然开口，“神明杀人是大忌，是要被剥去神职和记忆，并关押数百年的……”

说到这里，禄存猛地闭了嘴。

他不记得自己曾经做过什么才遭受了这样痛苦的惩戒，但他知道，绝对不会是一些无关痛痒的罪过。

“那你呢？”李沐恩问，“你是因为什么才变成了现在这样的？”

禄存坦白承认：“我不记得了。”

李沐恩又问：“难不成你真的杀过人？”

“这倒未必。”禄存说，“紫微曾定下许多规矩，违者皆会被判罚。”

“比如？”

“比如……”禄存回想，挨个细数，“不仁。”

“你杀过人？”

“不忠。”

“你跳过槽？”

“不孝。”

“你打过你爸爸？”

“不伦。”

“兄弟，你不至于吧？”

“你闭嘴！”禄存咬牙切齿，“我不记得了！”

“随口说说，你不要那么激动嘛。”李沐恩拿出杯子倒了两杯水，“就凭你刚刚救过我，我相信你绝对不是什么穷凶极恶的坏人。”

李沐恩将其中一杯水递到他的跟前：“谢谢你救我。”

禄存接过来，小声嘟囔：“连我自己都不相信我自己。”

他到底做过什么错事连他自己也不记得。如果不是失忆，他也不必像现在这样每天生活在惶惶不安之中。

李沐恩又问：“那你昨天穿成那副样子，也是为了找回记忆？”

昨天的禄存，发型爽利，一身西装，俨然与上流社会晚宴里的成功人士并无二致。他在自己看不见的地方，有着不一样的身份和形象。

好奇心害死猫，可她偏偏就对他的私生活产生了兴趣。

禄存果然一翻白眼：“即使是神，也有周末休息的权利。那是我的私生活，我凭什么要告诉你？”

李沐恩幽幽叹了一口气：“这样啊。”

她还以为这个扫把星一旦跟定了自己，就会像苍蝇一样一直围着自己打转，谁知道事情并不是这样。

她竟然有些……失望。

“还有，不要以为给我一杯水咱们就有了交情。”禄存指了指李沐恩，“你多余的福运，该拿回我还是会拿回，绝不手下留情。”

禄存举起手中的水杯，将里面的水一饮而尽。

“而且一定要抢在天同动手之前——那个天同，绝对是个麻烦人物。”禄存自言自语，“福德宫主人，那是福运神的统领，神阶最高的福运神。一旦她出现，就意味着人间的福厄运场要失衡了。到时候，哪怕你身上有再多的福运也救不了你。”

第二章

实现你三个愿望

Pengran Xingdong

李沐恩拉着行李箱走出机场，接机口早已有人前来接应。她在一排英文的接机牌中找到了用描粗中文写下的“李沐恩”三个字，来到了那个人的眼前。

那是一个皮肤黝黑的女孩子。她咧嘴一笑，露出一口白牙，用有些口音的中文说道：“李沐恩小姐？我是来接您的。”

女孩子热情地把李沐恩的大行李箱拉到自己手里，又走到李沐恩前面替她带路。

“这几天我将担任您的陪同翻译。”她指了指不远处的出口，“李小姐带遮阳帽了吗？这里不比亚洲，阳光很毒。如果李小姐没有准备，我这里有备用的遮阳伞。”

这里是位于非洲大陆的一个小国，地处偏远，经济不兴，但自然风光奇好，野生动物繁多。杂志社计划在这里拍摄一期关于野生动物的专题。专题才被提出，李沐恩就飞快举手主动请缨。

跨海隔洋，远离家乡，这正是李沐恩想要的。前有烦人的扫把星，后有要命的福运神，她实在招架不住，只能惹不起躲得起，跑得越远越好。

其实这次的非洲之行并不是什么轻松的好差事。先不说这里烈日炎炎，蚊虫扰人，单单是落后的硬件设施就免不了让人失望。机场算是处于繁华地段，可一路看来，周遭净是些低矮木棚，路面也崎岖不平。有不少人在这里沿街摆摊，向刚刚下飞机的游客们兜售具有本地特色的纪念品。

“我们这里物价不高，这些工艺品都很便宜。”

随行翻译还没介绍完，旁边摊子的婆婆便开了口，用当地土语向李沐恩说了些什么。

“她是我们这里的占卜婆婆，很灵验的。”随行翻译向那婆婆合掌鞠躬，样子十分虔诚，“婆婆说，李小姐您身上的气场很乱。”

婆婆还在说着些什么，然后伸出手来，指了指李沐恩脖子上的铃铛。

“气场紊乱，也许会有坏事发生。”随行翻译继续说，“但用中国的话说，吉人自有天相，李小姐，您是一个运气很好的人，一定会逢凶化吉的。您脖子上挂着的这个铃铛与您很有缘分，关键时刻，这个铃铛也许能救您一命。”

随行翻译替李沐恩安排好行程，租好车，将她送到了野生动物栖息区的入口。

“我们这里猛兽不多，栖息区里一般都是一些温顺的食草动物。车子是观光专用越野车，待在车上就能保证人身安全。”随行翻译眨眨眼，“李小姐会开车吗？”

意图再明显不过——如果李沐恩愿意，她也乐得忙里偷闲。

李沐恩怎么会看不出她的意图："没问题。来之前我已经准备好了国际驾照，可以独自驾驶。"

其实这正合李沐恩的意，随行翻译人并不坏，但她过于健谈，还爱打退堂鼓。有她陪在身边，自己工作起来难免会受影响。既然是这样，还不如早早让她回去，自己独自上路。

"那就好。"随行翻译露出一口白牙，"李小姐记得早去早回。这里地形复杂，晚上看不清楚，可能会有危险。"

越野车缓缓启程了，轮胎压过半枯的荒草，扬起些许旱沙。

车子才行驶了不久，李沐恩就遇上了一群斑马。她小心地将车子缓慢停下，那群警觉的斑马竟然没发觉有什么异样，仍旧优哉游哉地啃着草。

一直等到李沐恩觉得拍得差不多了，一匹斑马才微微竖了竖耳朵，带着马群扬蹄而去。

远处隐隐传来声响，原来是一群野象。这群庞然大物从李沐恩的车旁缓缓经过，给了她绝佳的拍摄机会。

这就是福运给她带来的好处。别人求之不得的东西，在李沐恩这里却是唾手可得。

李沐恩脸上笑开了花。既然福运这么好，傻子才会把福运还给那个扫把星呢！

从大清早一直拍摄到傍晚，李沐恩觉得自己有些疲倦了。眼看天色欲晚，日暮将沉，李沐恩终于舍得掉转方向，准备返程。

她调试起车上的 GPS，打算按原路返回，却看到远处又走来了新的种群。

那是一群身形优雅的羚羊，体毛灰褐，还生有隐约可见的白色斑纹。一些公羊头上生着扭曲的双角，角尖直指向天。

是山薮羚！李沐恩不由得开始兴奋。她并不是动物学专家，但在来这里之前做足了功课。这些名为山薮羚的羚羊数量极其稀少，甚至在一些原始的山区都已经销声匿迹，俨然成了传说级的物种。

碰到这种难得一见的动物，李沐恩立刻将返程计划抛之脑后。摄像机已经在前窗架好，李沐恩扭转方向盘，准备追上这群即将远去的山薮羚。

一脚油门踏下，引擎立刻发出了轰鸣声。这个声响惊动了警觉的羊群，惹得它们惊慌而逃。李沐恩顾不上其他，猛踩油门，一心只想着追上羊群，多拍几个珍贵的镜头。

羚羊的奔跑能力毋庸置疑，李沐恩只能加快车速紧随其后。但从小就生活在这里的山薮羚比她更熟悉此处地形，它们灵活闪躲，几个转折之后，钻入一片灌木丛，眼看就要消失在夜幕之中。

灌木丛低矮稀疏，李沐恩估摸着如果自己开得足够快，应该能借着眼前的斜坡冲过去。想到这里，她把油门踩到底，车子随之冲到了半空。

可是那群山薮羚比越野车更加灵活，在踏到灌木丛上时便扭身离去，四散而逃。

灌木丛后竟然是一个凹坡。飞跃过灌木丛的越野车车头微微向下，直直地坠了下去。

李沐恩不由得闭上了眼。她已经做好了迎接车子落地带来的巨大冲击力的准备，可等到车子真的接触到地面的时候，触感又和她想象中的截然不同。

没有撞击，没有弹跳，车头仿佛扎进了一潭烂泥里，开始缓缓下沉。

李沐恩再次踩下油门，可车子不仅没有前移，反而向下猛地一坠，车灯发出的大半灯光也随之消失在了周遭的泥泞里。

是沼泽！车子陷进沼泽里了！

在茫茫荒野之中，沼泽是最可怕的陷阱。一旦陷进去，越挣扎，便陷得越深。而此时李沐恩所驾驶的越野车已经一头扎了进去，正以肉眼可见的速度下沉着。

软烂的淤泥涌了上来，淹没了大半个引擎盖。

那群山薮羚早已离去。四周死寂沉沉，只有荒野的风从车旁呼啸而过。

李沐恩驾驶的越野车失去了控制，任凭她如何拼命踩踏油门、刹车都无济于事。

车头已经陷落，打开车门逃生已经是不可能的了。李沐恩终于感受到了濒死的恐惧，紧紧握住方向盘。

“救命……”她察觉到自己的声音中满含惊恐，“救命！谁来救救我！”

致命的淤泥还在步步逼近。

“救命！救救我！”万般无奈之际，她能做的只剩下无用的呼救和流泪，“禄存，救救我！”

这样的危难关头，脱口而出的竟是那个扫把星的名字。李沐恩狠狠砸了一把方向盘：“禄存，你快过来啊！”

脖颈上的铃铛随着她猛烈的动作晃了晃，随即发出清响。

一个身影在夜色中从天而降。

禄存落到了引擎盖上。车子经不住这样的重量，开始更快地下沉。李沐恩不由得尖叫出声，却看到禄存隔着挡风玻璃向自己伸出了手。

“过来！”

他说出这句话的同时，玻璃应声而碎，碎片却向车外飞去。

一些细屑的碎片划破了他的手，可他没有把手缩回去。

“快过来啊！”他再次吼道。

李沐恩终于醒过神来，伸手抓住了他的手。随即，她感觉自己被拽离座位，整个人被揽在了一个温暖的怀里。

再次回过神来的时候，她已经来到了旁边的草地上。

“禄存……”

李沐恩张口，却发现自己发出了难听的呜咽。

她的双腿早就因为惊吓而变得绵软无力。禄存放手的一瞬间，她便直直地跪倒在了地上。

“禄存，刚刚我以为我要死了……禄存……”

禄存蹲下身子，向她伸出一只手：“你傻呀。我这个神明在这里，怎么会让你死？”

李沐恩看着他，还想再说些什么，可喉咙却只能发出呜咽。

禄存见她哭得无助，只好伸手去抚摸她的头。

“好了好了，不要再哭了。”他难得温柔地开了口，“有我在这里，什么都不用怕。”

禄存不知从哪里捡来了些干柴，生起一堆篝火。

入夜之后温度低了下来。李沐恩觉得冷，她缩了缩脖子，禄存便脱下自己的外套，丢给了她：“要是冷就披上。”

他也在篝火旁坐了下来：“怎么，还害怕？”

李沐恩裹紧了自己身上略显宽大的外套：“你为什么要救我？”

“为什么要救你……”禄存似乎没料到她会这么问，“这是什么问题？”

“我对于你而言，难道不是一个不配合你工作的大麻烦吗？”

“不配合我工作的大麻烦？”禄存笑道，“你对自己的定位还真是清晰准确啊。”

“如果我就这么掉下去死了……你不也算完成任务了吗？那你为什么要大费周章地来救我，还——”

李沐恩伸出一只手来，指了指禄存的手腕——那里还残留着玻璃碎片划出的道道血痕。

“还把自己伤成这个样子。”

“这个啊，”禄存看了看自己的手腕，语气里没有太大的波澜，“要不怎么说你运气好呢？这也就是我赶了过来，换成是别人，你就死定了。”

也就只有他，能在瞬间跨越半个世界找到她。

李沐恩歪头看他："我想不明白。你一直跟我过不去，为什么还要来救我？"

"我跟你过不去？我哪里跟你过不去？"禄存反问，"就因为我是一个厄运神，你就觉得我跟你过不去？"

"你一直想回收我的福运。"李沐恩撇嘴，"这难道是为我好？"

"你们这些凡人啊，目光实在是短浅。"禄存干脆躺下望天，"幸运和幸福分明就是两种东西。福运能让人幸运，却不能让人幸福。反倒是有时候，人会被幸运遮蔽住眼睛，看不到真正的幸福在哪里。不说别的，你每天辛辛苦苦拍照片，别人却总觉得这单纯是你运气好，根本看不到你在背后的付出。这样的赞美即使再多，你会觉得真正幸福吗？无论是福运神还是厄运神，他们的工作都是修正偏离既定轨道的运场，本质都是要为人们带来幸福。"

说完，他微微侧头。

"从一开始，我的目的就是帮你找到真正的幸福。"

李沐恩看了看他，也躺了下去。

荒原上的天空格外清透。这里远离城市的喧嚣，夜色空明。静静地躺下来去看那些星星，没来由地就觉得安心。

"说得那么好听。"李沐恩说，"我都想把福运还给你了。"

禄存听后立即起身："你说真的？"

李沐恩回答他："当然不是真的。"

听到这句回答，禄存"嘁"了一声，又躺了下去。

"但是……也不是不能商量。"李沐恩望着星空，"如果你能帮我找到真正的幸福，我就把身上多余的福运还给你。”

“说得轻巧。”禄存不为所动，“谁知道你‘真正的幸福’是什么？”

“这倒也是。那就……分解成三个愿望吧。”李沐恩向他侧头，“如果你帮我实现三个愿望，我就把福运还给你。”

“三个愿望……成交。”禄存想了想，似乎觉得自己并不吃亏，于是一口答应下来，“说说看，你的三个愿望是什么？”

李沐恩不由得暗笑：“答应得这么爽快，你也不怕我许什么你实现不了的愿望？”

“开玩笑，我可是神明。”禄存说，“还会有连神明都实现不了的愿望吗？”

李沐恩“扑哧”笑了：“既然这样，那我就许愿了。”

她十指相扣，置于胸前：“第一个愿望——我希望，我能和家人一起吃一顿饭。”

“嗯，”禄存点头，“准了。”

“第二个愿望——我希望，我能拿到荷赛奖。”

禄存再次点头：“好。”

“第三个愿望——我希望，我能找到自己的真命天子。”

禄存又是一口应承：“没问题。”

“答应得倒是爽快，”李沐恩说，“你到底能不能帮我实现这三个愿望啊？”

“神明是不会撒谎的。”禄存回道，“我既然答应了你，就一定会帮你实现这三个愿望。你放心吧。”

“也许是我一直误会你了。”李沐恩又说，“你这个人心肠还真不坏……神明对所有人都这么好吗？”

“大概吧。”禄存说，“好像有人曾经告诉过我，身为神明，就该为人的幸福着想。”

李沐恩追问：“是谁说的？”

禄存看着星空，叹了一口气：“我不记得了。”

“我不是全然为了你，也为了我自己。”禄存转过脸来，“我这么煞费苦心，是为了能早些拿回自己的记忆。”

李沐恩撇撇嘴：“还说自己是神明呢。神明都是不食人间烟火、看淡世间百态的，哪像你，揪着以前那些想不起来的事情死死不放。”

“我总觉得……”禄存一边说着，一边伸出胳膊向天空探去，“在我丢失的记忆里，有对我很重要的人——”

他话锋一转，突然看向李沐恩：“对了，看在我救你一命的分上，你能不能告诉我，你一直以来是怎么召唤我的？”

李沐恩想了想，解下了脖子上的铃铛。

“用这个。”她把铃铛递给禄存，“这就是封印你的那个铃铛，只要它响起，你就会出现。”

禄存接过铃铛，放在眼前端详一番。他细细地看了一遍鎏刻在铃铛上的纹路：“这个图案……果然是来自那个地方……”

看过之后，他把铃铛丢还给李沐恩：“铃铛还你。”

李沐恩有些吃惊：“你居然愿意还给我？”

只要铃铛响起，禄存就会现身。这个铃铛对于禄存来说绝对是个大把柄，没想到他愿意还给自己。

“我说过，君子不夺人所爱。这个东西既然是你买的，那就是你的。”禄存正色道，“除非你愿意卖给我。”

“卖给你？”李沐恩不由得发笑，故意说，“这个铃铛可是很值钱的。看你那副穷酸样，你能有几个钱？”

禄存并未辩解：“既然我答应了要帮你实现愿望，留下一个联系方式也是必要的。”

李沐恩在衣兜里摸出手机：“那为什么不加个微信，或者留个手机号码？”

“那个东西，”禄存指了指李沐恩手上的手机，一脸认真地开口，“太复杂了，我不会用。”

“你不会用……噗……哈哈哈……”李沐恩一时间没忍住笑，“你会打领带、穿西服、喝红酒，居然不会用手机……哈哈哈……”

“有什么可笑的！”禄存猛地坐起来，似乎是害羞了，“即便是神，也总会有不擅长的事情——”

他忽然转过头，看了看远处。

“接你的人来了。那我也该走了。”说完，禄存忽然消失不见。

果然，远处亮起了灯光。一辆越野车在李沐恩眼前停住，车还没停稳，随行翻译便打开车门跳了下来：“李小姐！李小姐你没事吧？”

李沐恩坐起身来：“我没事。”

“谢天谢地，没事就好，没事就好！”随行翻译几乎快要落泪，“我们在定位里看到你的车子一动不动，还以为你出事了！”

这时车上又走下来一名司机，对着翻译说了些什么。

“司机大哥说车是拖不回去了。”翻译说，“幸亏人没事，人没事就好。走，李小姐，我们先回去。”

车子已经几乎完全被沼泽淹没，只剩下尾灯的一角还露在外面。李沐恩回头望了一眼，不由得打了一个寒噤。

她终于体验到了“命悬一线”的滋味。

在这之前，李沐恩的父亲一直反对她做这份工作，理由是一个女孩子从事这样的职业太危险。过去她一直没有意识到危险，可是现在她开始懂了。

李沐恩看着车子尾灯的最后一角也完全没入了沼泽，那里又恢复了平静，仿佛什么都没发生过。可是她知道它刚刚吞噬了多少东西——它吞掉了一辆车，吞掉了一台摄影机，吞掉了全部的底片，吞掉了她在这里做出的所有努力，连同她一直以来的好运气。

李沐恩空手而归的消息震惊了杂志社。

最痛心疾首的莫过于主管，他在办公室哀号不止：“我的斑马，我的大象，我的山薮羚……”

可即使再痛心也无济于事，主管只能忍痛拍拍李沐恩的肩膀：“人没事就好，照片下次还可以再拍，这次只不过是你运气不好。”

李沐恩听后心里不免“咯噔”一下。

运气不好？她从未想过这四个字会和自己扯上关系。

这是从什么时候开始的？难不成是在……遇到那个名叫天同的福

运神之后？

禄存曾经说过，天同身份非比寻常，但凡她出现，必定会扰乱福厄运场。

“人嘛，总要向前看。这个专题做不成，我们还可以做别的嘛！”主管又拿出几个选题，“沐恩，这里还有个别的专题，你看要不要接下？”

李沐恩将企划书拿到手里略微一翻，点头答应：“没问题。”

她新接到的任务是拍摄一场流星雨。根据天文台的预报，今夜将会出现一次数百年不遇的大型流星雨。这样难能可贵的机会，杂志社当然不会放过。李沐恩和助手一起驱车来到一座山上——据专家推荐，这里将是最佳观测点之一。

山上早已有不少天文爱好者在驻营等候了。李沐恩和助手一起扎好了帐篷，便听到旁边有人闲聊：“天上怎么飘过来黑云了？该不会要下雨吧？”

“怎么会？”旁边有人回答，“天气预报都说了今天是晴天，那就一定没问题。”

话虽如此，可等到李沐恩架好摄影机和望远镜准备拍摄的时候，天空中竟闪过几道闪电，随即乌云满布，密雨如织。那些流星还没来得及露脸就消失了。

李沐恩和助手不仅没拍到照片，还被淋成了落汤鸡。正在她恼火的时候，旁边的路人看着手机上的信息开始抱怨：“小范围降水？什么嘛！那就是说只有这个观测点下雨了！早知道就去别的观测点，这可是几百年不遇的流星雨！真是倒霉……”

李沐恩正在抢救相机的手忽然一滞。

想吃摄影师这碗饭，不仅要靠技术和实力，有时也要靠运气。在此之前，她一直靠着好运气拍摄出了许多难得的佳作。

可是近来这份好运气却没来由地消失了，而且厄运也接踵而来。就像今天，这场莫名其妙的雨生生地浇灭了她的宝贵机会，让她无法交差。

李沐恩回到杂志社之后，主管倒没怎么苛责她，但语气里还是掺杂了些指责。

“你去的那个观测点，我听说在傍晚的时候就已经出现黑云了。”主管说，“那个时候你就近换到其他观测点明明还来得及，你呀，就是对自己的好运气太自信了！”

李沐恩只能略鞠一躬：“对不起，是我考虑不周。”

她的确是对自己的好运气过于自信了。

“行了，吸取教训就好。”主管挥挥手，拿起桌上的几张相片，“幸好小胡昨天出外派任务正好去了别的观测点，顺手拍了几张。虽然质量不高，不过救急也够了。”

小胡比李沐恩更早入社，却一直表现平平，沦为了李沐恩的陪衬。为此他一直耿耿于怀，如今好不容易抓到了李沐恩的纰漏，他的心里升起了一丝泄愤的快感：“其实这件事也不能全怪沐恩。运气也是实力的一环嘛，而且对沐恩来说还是很重要的一环。”

他冷笑一声。

“所以运气不好的时候，就什么都拍不出了吧。毕竟自己本来就没什么实力。”

“好了，你也别说风凉话了。”主管呵斥了他一句，又转头说，“沐恩，自从上次从非洲回来，你的状态就一直不是很好，这几次任务也表现得不尽如人意……这样吧，这几天你好好调整一下，先做几个比较轻松的人物专访。”

文件夹已经递了过来，丝毫不给她拒绝的余地。李沐恩撇撇嘴，只能接下。

人物专访是杂志社里最轻松简单的拍摄任务。不同于变幻莫测的自然景观和遍地乱跑的野生动物，人物专访的采访对象是会配合拍摄者的。一般来说，这种轻松的任务往往都会安排给初学者用来练手。

换句话讲，主管似乎已经不再信任她的能力了。

“沐恩，这次的人物专访和之前的不太一样。派你去，其实也是信任你。这个采访对象不愿意接受媒体采访，我为此头疼了很多天。”

主管打开自己电脑上的文件，开始向李沐恩介绍此次采访的对象。

“这次要采访的是一个很低调的古董收藏家。”主管捏了捏鼻梁，露出愁容，“这个人就像是凭空冒出来的，没人知道他的底细。可他财力雄厚，出手阔绰，在很短的时间内就斥巨资买下了许多价格极高的藏品，而且这个人似乎只对特定一类藏品感兴趣。”

他向李沐恩展示了几张藏品的照片。

“这就是他买下的藏品。”主管说，“它们统统出土于须弥。”

须弥？李沐恩听到这两个字，不由得心头一动。

“财力显赫，身份神秘，单单这两点就足够吸引公众的注意了。”主管说，“沐恩，既然他不愿意接受采访，你就只能想办法找机会接近他。能搜集到的他的相关资料我都已经放在文件夹里了，有时间你仔细研究一下。”

李沐恩点点头，随手翻开手里的文件夹：“这年头居然还有这么低调的有钱人。”

“要不然怎么说你最近状态不好呢，一听这话就知道你最近连新闻都没有看。关于这个人的报道已经铺天盖地了，可谁都没挖出真正的猛料。”主管说，“要是你能挖出点东西来，绝对是大功一件。”

李沐恩打开文件夹，看到了那人的资料，微微愣了愣。

资料上贴着一张小小的照片。那是一张被抓拍到的侧脸照，有些模糊，可已经足以让她认清这是谁。

不同于她熟悉的模样，照片上的人剪短了头发，身着裁剪考究的西装，显得那样耀眼。

“这次的采访对象就是他，名字有些拗口，叫——”主管指了指那张照片，“禄存。”

门口传来钥匙插入门锁的声音。

“姐——”

行李箱在地上拖动的声响和脚步声随即传了过来。听到这些动静，躺在沙发上看着资料发呆的李沐恩猛地坐起，做贼心虚似的赶紧把文件夹合上放在了一旁。

果不其然，是李桑。他冲着李沐恩“嘿嘿”一笑，露出了一口整齐好看的牙齿：“姐，学校放暑假了，我回来了。”

李沐恩一怔，站起身来埋怨自己的弟弟：“放假了你也不提前告诉我一声！”

“要是告诉你啊，你肯定提前几个小时请假来接我，绝对会耽误你工作。”李桑摘下背包，“我都这么大的人了，还用得着你来接机？”

“你啊，也不知道是让人省心还是让人不省心。”李沐恩开口，语气里都是心疼，“你看看你，都晒成这样了。”

李桑是一名文物修复专业的在读研究生，常年跟着自己的导师奔波在遗址挖掘的第一现场。既然是露天作业，那么在发掘现场被风吹日晒也是常有的事。

“男人嘛，黑一点也没什么。”

李沐恩搡他一把：“你才多大啊，也敢在你老姐面前自称男人……怎么了？”

“姐，”李桑伸出一根手指，指了指李沐恩脖子上挂着的铃铛，“你戴着的这个铃铛，像是个文物啊。”

那个铃铛造型独特，而且还泛着岁月沉积下来的灰黄色泽，带着一股古老的气息，一看就不是普通的饰品。看到自家老姐脖子上戴着这么个东西，李桑的职业病犯了：“姐，这个铃铛你从哪里弄来的？”

李沐恩想了想，把铃铛从脖子上取了下来，递给李桑：“你能看出来这个铃铛的来历吗？”

李桑立刻来了兴致，从背包里拿出光源、镊子、清洁刷、放大镜等一堆小工具，开始对着铃铛仔细研究起来。

“材质应该是纯银的，保存得也很完好。”李桑边看边下着研究结论，“不过这上面的花纹不常见……暂时看不出年代和归属地。”

“那，”李沐恩又问，“你听说过须弥吗？”

“知道。那是古西域的一个边陲小国，在距今大约五百年的时候，须弥整个国家突然在一夜之间神秘消失了。我知道的也就这么多，书上对这个古国的记载很少。”

李桑一边说着，一边把铃铛还给了李沐恩。

“这是在须弥出土的文物？那你可要收好了，现在市场上流通着的须弥文物数量很少，每一件都能拍出天价——说起来，姐，你还记不记得小时候妈妈留给你的那支簪子？之前我见过几支须弥古发簪，和它的样式很相似，它很可能就是出土于须弥。那支簪子现在在哪里？是不是还在爸爸那里？”

“别跟我提他。”提起父亲，李沐恩撇了撇嘴。她接过铃铛，把它重新挂在了脖子上，“你现在挺厉害的嘛。懂这么多，学没白上。”

李桑听后不由得露出苦笑：“别提了。前几天我们学院来了个新教授，他对须弥感兴趣得不得了，这段时间我可没少跟着他折腾。”

一提起“教授”两个字，李沐恩的脑海里立刻浮现出一个两鬓斑白、走路颤颤巍巍的老人。她挑起眉毛道：“你被老头子欺负了？”

李桑笑了：“才不是老头子，我们教授可年轻着呢，长得也很帅，我都要承认他长得比我还英俊那么一点了——姐，你别总问我，也说说你自己。最近工作顺利吗？”

最近发生的一连串糟心事又浮现在了脑海里，李沐恩欲言又止，最终还是把话咽回了肚子里：“怎么会不顺利？别人不清楚也就罢了，你还不知道你老姐的运气吗？”

李桑毫不起疑：“这倒是。姐，明天正好是周末，你休假吗？咱们好久没有一起出去玩了。”

“恐怕不行。”李沐恩看了一眼沙发上的文件夹，“明天在东郊有一场拍卖会，我要去采访。”

去参加拍卖会自然是为了接近禄存。据说明天的拍卖会上，会有一件来自须弥的物品亮相，禄存也被这件东西吸引，打算参加这次的拍卖会。主管费了大力气才得来情报，她当然不能浪费这个宝贵的机会。

人的心理实在是很奇怪。哪怕她只要动动手指晃动铃铛就能把禄存召唤到自己眼前，可她还是想用自己的双脚走向他，靠近他，了解他。

他的身上有许多李沐恩不知道却想知道的秘密。

李桑听后开口问了一句：“是明天上午十点的那场吗？”

李沐恩觉得奇怪：“你怎么知道？”

“其实……”李桑支吾了起来，“姐，其实我上飞机之前，给爸打了个电话。”

李沐恩和父亲的关系一直不好。她的父亲是一名成功的企业家，也正因如此，他一直忙于工作，没有精力顾及家庭。

因为生意忙碌，他缺席了李沐恩和李桑的成长；因为生意忙碌，他极少有机会到自己的父母跟前尽孝；因为生意忙碌，他甚至没能见原配妻子最后一面。

当年母亲重病在床，最后的心愿无非是再见父亲一面。可一直到她闭上眼睛，父亲都没有出现。

这也是李沐恩一直不能原谅父亲的原因。

之后父亲又另娶了妻子。续弦之后，父亲仿佛变了个人，他开始学着去体贴、陪伴家人，也试着放下威严，对自己的两个孩子展露笑容。

但在李沐恩看来，这一切都来得太晚了。母亲已经不在了，这个家的女主人已经变成了另外一个陌生的女人，父亲越是顾家，她就越是难过。

说起来有些可笑，她期待已久的东西，父亲却要看在另外一个陌生女人的面子上才愿意施舍给她。

在她原本的“家”里，只剩下一个礼貌却生疏的女人，和一个令她厌恶的父亲，让她无时无刻不坐立难安。所以李沐恩在很久之前就离开了家，和自己的弟弟李桑相依为命。

最能了解她这种心情的人就是李桑，所以李桑一直很顾及她的情绪，都是私下和父亲联系。

听到李桑承认自己偷偷和父亲有往来，李沐恩并没有发火，因为她的弟弟长大了。当年她带着李桑离开家的时候，他表现得比自己更加愤怒和决绝。可是现在，当年的那个小男孩逐渐成长为男人，他试图去了解父亲的苦衷，希望数年的隔阂能够被消解。

李沐恩叹了口气，也许自己还没有弟弟李桑成熟。

“最近爸爸的生意很不顺利。”李桑慢声慢气地说着，李沐恩听得出他这是在试探自己，“前一阵子，爸爸决策失误，亏了一大笔钱，导致公司的情况很不乐观。爸爸跟我说，你是咱们家里的福星。可他做错了事，惹你生气了，让你一直不愿意回家，所以咱们家的运势也变差了。”

李沐恩清了清嗓子，可嗓音仍旧有些沙哑：“爸爸他亏了多少？”

“很多。”李桑叹气，“姐，家里的情况比你想象的更糟，爸爸现在正想尽一切办法筹钱。不动产已经全被抛售出去了，但还是补不上资金缺口。爸爸打算把家里的收藏品全部卖掉——明天的那场拍卖会，爸爸也会参加，他打算在那里把家里所有值钱的东西都卖出去。”

杂志社派来的车子停在了东郊一座高档商务会所的门口，这里正是拍卖会的举办地。

拍卖会主办方很重视安保和客人的隐私保护工作。看到李沐恩一行人扛着大大小小的摄像机，门口的安保人员立刻把他们拦了下来。

“对不起。”安保人员一副公事公办的口吻，“为了保护客人的隐私，我们谢绝采访。”

李沐恩转了转眼珠，果断决定和身后的一干同事撇清关系：“我不认识这群人，我是来参加拍卖会的。现在我可以进去了吗？”

别的同事手里都拿着显眼的摄像机和三脚架，唯独李沐恩轻装上阵，手里只有一个装了笔记本和录音笔的小坤包，所以李沐恩谎称自己是参加拍卖会的客人似乎也说得过去。

跟在李沐恩身后扛着摄像机的小胡一听这话立马不乐意了：“你这人怎么这样，只顾自己出风头——”

话还没说完，旁边的同事就狠狠踩了一下小胡的脚——眼下最重要的是把自己人送进去，小胡居然还惦记着是谁出风头这种无聊的问题。

安保人员不为所动：“抱歉，如果小姐您是受邀客人，我们这里有客人名录。请问小姐您的姓名是？我们需要查验您的身份，希望您配合我们的工作。”

李沐恩只能硬着头皮继续撒谎：“我是和我朋友一起来的。”

“那请问您的朋友是哪位贵宾？”安保人员不依不饶，再次强调，“小姐，只有跟您的朋友核实，查验过您的身份之后，我才能让您进去。”

见李沐恩迟迟不愿意离开，安保人员的声音不由得提高了。这引来了周围人群的侧目，许多人好奇地偷瞟着李沐恩，这让她觉得如芒在背，脸颊发烫。

正当她脸红的时候，她突然瞥见了两个熟悉的身影。大厅里已经站满了来参加拍卖会的客人，她的父亲和继母也在其中。

他们两个正微笑着和面前的人聊天。听到门厅处传来骚动，李父微微侧了侧身子，往李沐恩站着的方向看了一眼。

李沐恩眼疾手快，立刻把手里的小坤包举了起来，遮住了自己的脸。

刻意地躲避父亲几乎已经成了她的本能，何况她现在正处于极度窘迫的尴尬境地。围观的人越来越多，就连正在和别人聊天的李父也不时好奇地向这边张望。

如果这时候转身离去，之前的所有努力就会功亏一篑。可是安保人员死死守着入口，她根本无法进入会场。

李沐恩进退两难，觉得自己的两条腿都在微微发抖。

“她是我带来的朋友。”

熟悉的声音突然在耳边响起，一只手搭在了她的肩膀上。禄存不知道什么时候出现在了她的身后：“现在她可以进去了吗？”

禄存手上稍一用力，李沐恩就跌进了他的怀里。

这样一来，虽然能遮挡住大家的视线，让大家看不到李沐恩的脸，可是这样的姿势实在过于亲昵和暧昧，李沐恩的脸上布满了红晕。

会所经理不知道从哪里冒了出来，亲自赔着笑脸：“原来这位小姐是禄存先生的朋友，失敬失敬。小姐请进。”

看来禄存不光是这里的常客，更是这里的贵客。既然他开了口，李沐恩自然被工作人员客客气气地迎了进去，只留下杂志社的同事在原地目瞪口呆。

“李沐恩……”一个同事指着她的背影，结结巴巴地说，“认识禄存？”

另一个同事也被吓得不轻：“看样子不光认识，而且还很熟……”

“他们俩是什么时候认识的？”

“不知道……”

几个人七嘴八舌地小声说着，谁也没有注意到小胡在角落掏出了相机，对着禄存和李沐恩的身影按下了快门。

第三章

梦想成真

Pengran xingdong

禄存和李沐恩一起进入了会场。

“怎么不说话？”

听到禄存这么问，李沐恩下意识捂住了自己的脸。

“我费尽周折来这里，是为了要接近你。”这种羞耻的话她怎么可能说得出口。

看到李沐恩这副窘迫的表情，禄存轻笑道：“我刚刚帮了你，你总要谢谢我吧？”

李沐恩只好把手放下，小声说了一句：“谢谢你帮我进来。”

“就只谢我帮你进来吗？”禄存问，“刚才要不是我，你父亲绝对会看见你。”

李沐恩怔了怔：“你怎么知道？”

她从来没向他提起过自己的父亲。

“我知道的事情多着呢。”禄存说，“你以为，如果不是我事先透露消息，凭你们杂志社这点本事真的能打探到我的行踪？”

李沐恩的脚步不由得一顿：“你一开始就知道？”

禄存哈哈一笑，随即贴近她的耳边，压低嗓音：“你的事，我全都知道。”

“少来！”李沐恩顾不上脸红，“所以我会出现在这里，是你有意安排的？”

“对。”禄存点点头，“我答应过你，要帮你实现愿望。”

李沐恩摸不着头脑：“这和我来采访你有什么关系？”

“等会儿你就知道了。”禄存拍了拍她的肩膀，“神明是不会撒谎的。我既然答应过你，就一定会帮你实现愿望。”

禄存说完，径直往前走。李沐恩只好紧紧跟在他身后，和他一起进入会场。

会场里已经坐满了来参加拍卖会的客人。禄存来到最后一排的贵宾席，在一个座位上坐了下来。

“这个位置是给你准备的。”他指了指紧挨着自己的一个空座，“坐下吧。”

李沐恩倒也没跟他客气，一屁股坐了下来：“你有什么目的？”

“没什么目的。”禄存不紧不慢地开了口，“只是想请你参加拍卖会。你之前来过这种场合吗？”

“小时候经常来。”李沐恩说，“我妈妈很喜欢收藏古董。她没去世之前，经常会带我来这种拍卖会，淘一些她喜欢的收藏品。”

禄存又问：“你的母亲，她是一个什么样的人？”

“她？”李沐恩想了想，“她是一个很在乎家庭的人。她很爱自己的父母、自己的孩子、自己的丈夫……”

提到自己的父亲，李沐恩不由得勾了勾嘴角，带着几分讥诮。

“当年我妈妈嫁给我爸爸，是嫁了一个货真价实的穷小子。幸好我外公手里有些本钱和资源，靠着这些，我爸爸才发了家。我妈妈是金融专业的高才生，爸爸创业的时候，妈妈起早贪黑地帮了他很多。等到创业成功了，爸爸也出人头地了，妈妈就在家里做起了全职太太，替他孝敬老人、照顾孩子……可以说，她这一辈子，都在心甘情愿地帮助爸爸。”

“心甘情愿……”禄存重复了一遍这四个字，不由得轻叹一声，“她一定很爱你的父亲，所以才一直站在他身后，帮助他、支持他。如果她知道自己留下的这些古董在她离开后又帮了你父亲一次的话，一定会很开心吧。”

说话间，拍卖会开场了。

工作人员把第一件拍卖品摆上了展示台：“现在展现给大家的是一件明永乐青花瓷花瓶。”

李沐恩认得那只花瓶，一直以来它都被摆在家里书房的架子上，已经摆了十几年。李沐恩记得很清楚，这是妈妈在结婚纪念日送给爸爸的礼物。

她还记得当初妈妈把这只花瓶拿回家时欣喜又忐忑的表情：“这只花瓶可抢手啦，我好不容易才拍到的。沐恩，你说爸爸会喜欢这个礼物吗？”

这只花瓶承载着那么多的喜欢，却被收礼物的人转手就送上了拍卖台。

想到这里，李沐恩只觉得妈妈的付出全都变成了莫大的讽刺。

禄存看着台上的青花瓷花瓶，感叹了一句："你母亲的品位真的很不错，这只花瓶是难得的好东西。"

显然，禄存很清楚这只花瓶的来历，知道它出自李家，也知道它曾经属于李沐恩的妈妈。这让李沐恩感觉心神烦躁，语气也随即变得冰冷："禄存，你挖空心思把我带到这里来，就是为了看我的笑话吗？"

"我可没这个意思。"禄存说，"我只是很佩服你的母亲，她不光有极高的欣赏水平，而且还十分精明。她收藏这些东西不仅仅是图好看而已，这么多年过去了，这些东西的身价也涨了不少，这是一种非常巧妙的投资。"

经过几轮举牌，这只花瓶果然被人以高价买走了。

禄存说得没错，妈妈留下的藏品升值幅度极大，远远超出了她和父亲的想象。

接下来的其他藏品也是如此，瓷器、珠宝、字画……这些藏品的交易价全都远高于预期。

但是，眼睁睁地看着那些妈妈留下的藏品被陌生人一件件买走，李沐恩只感觉如坐针毡。一旁的禄存倒是安安分分的，全程都静坐在座位上，手里的竞价牌一直没有被举起来。

李沐恩忍不住开了口："你来这里就是为了看热闹的？还是说，这里的东西没有一件能入得了你的眼？"

"不是。"禄存摇摇头，"有件东西我志在必得。"

这时候戴着白手套的工作人员又走上台，换上了新的拍卖品。

一旁的LED大屏幕上出现了这件物品的放大图片。那是一支鎏金铜制发簪，尾端镶了一颗明珠，做成了圆月入祥云的样式。

工作人员开始介绍：“这是一件出土于须弥的发簪，距今已有五百年的历史。”

看得出这支发簪之前的主人很珍爱它，哪怕经历了这么漫长的岁月，它仍旧完好无损，甚至没有半点受污生锈。

李沐恩看到这件东西，无意识地张了张嘴，最后还是一个字都没有说出口。

妈妈喜欢收藏古董，家里的收藏品几乎全是她买来的。唯独这支簪子是她的陪嫁品，据说是她从娘家带来的传家宝。

在李沐恩小的时候，妈妈把这支发簪送给了她。可以说，这是妈妈留给她的唯一的东西。可是现在，这支发簪却被父亲送到了拍卖台上。

看见自己期待已久的东西登了场，禄存终于来了精神，伸手去拿被搁置在手边的竞价牌：“我志在必得的东西就是它。”

李沐恩撇撇嘴，没有说话。她既不是卖家，也不是买家，在这种情况下她实在是没有评头论足的资格。

“对了，”禄存像是想起了什么，拿出一副墨镜递给李沐恩，“戴上这个。”

李沐恩一愣：“戴墨镜干什么？”

“你想要采访我，对吧？”禄存似乎懒得多解释，“要想让我接受你的采访，就戴上。”

李沐恩“啧”了一声，把墨镜接过来，戴上了。

真不知道禄存打的是什么算盘。

想拍下这支发簪的人不在少数，没过多少时间，簪子的价格就被抬得很高了。眼看拍卖价格已经略微高于市场价，没有人再举牌加价，禄存终于慢悠悠地举起了牌子。

“六十五万。”工作人员的表情里透出了遮掩不住的欣喜，“六十五万一次，六十五万两次——七十万！这位先生出到了七十万。”

竟然有人跟着禄存加了价。

六十五万，对于一支鎏金铜簪来说已经是天价了，即便是真心喜欢，这个价格也有些高了。可现在竟然有人愿意在这个基础上继续加价，想必是有非买不可的理由。

李沐恩扫了一眼，那位加价的客人就坐在不远处。禄存却目不斜视，又举起了手里的牌子。

“七十五万。”工作人员高声重复，“现在的价格是七十五万。”

听到有人跟着自己加码，刚刚那个加价的客人回头看了一眼禄存。

出乎李沐恩的意料，那个人竟然是她的父亲。

李父没有认出禄存旁边那个戴着墨镜的女人，也没看到那双藏在墨镜后面的眼睛有多惊讶。他只是看了一眼禄存，随即转回头去，又举起了手里的牌子。

父亲就坐在离自己不远的地方，坐在他旁边的那个女人则是自己的继母。

果不其然，看到李父打算继续加价，那个女人暗暗地狠狠地扯了扯他的胳膊，想制止他。

可是李父置之不理，竞价牌还是被举起来了。

“八十万！”工作人员高声说，“八十万一次，八十万两次——”

禄存再次举牌。

“八十五万！”

听到这个价格，李父有些坐立难安了。他频频回头，举牌的动作也变得犹豫，可竞价牌最终还是被举了起来：“九十万！”

相比李父，禄存就显得淡定多了。几乎在李父追加价码的同时，他就毫不犹豫地举起了手里的牌子。

“九十五万！”工作人员喊出了最新的价格。

全场的目光都聚焦在了李父身上。他咬了咬牙，再次举牌。

“一百万！”

李沐恩转脸去看禄存。眼下，和他竞争的李父早已经浑身汗涔涔，脸上失去了往日的从容，可禄存还是一如往常，表情中看不出丝毫的波澜。

他举起牌子，让牌子在空中转了个圈。

“翻倍！”工作人员的声音里掺杂了颤音，“现在的价格是两百万！”

李沐恩一愣：“你疯了？”

早在竞价到五十万的时候，大部分的竞拍者就不再跟价了。以李沐恩以前多次参加拍卖会的经验来看，这支簪子的市场价格大约就在这个水平。禄存和李父像怄气一样不断加价，把价格抬到了一百万，这在李沐恩看来已经很可笑了，可禄存竟然还在这个时候选择翻倍。

除了疯了，没有别的解释。

“我倒觉得失去理智的那个人不是我。”禄存轻抬下巴，示意李沐恩向前看，“你觉得我和你的继母，谁看起来比较像疯子？”

李父正紧紧攥着手里的牌子，看样子还想加价，却被自己身边的女人不顾颜面地死死抱住了胳膊。

禄存突然贴了过来：“你说，如果我继续加价，你会不会像她那样抱着我的胳膊来拦我？”

李沐恩翻了个白眼：“花的又不是我的钱，我为什么要拦你？”

虽然同样是坐在一起，可李父和继母是实实在在的夫妻，自己和禄存却什么都算不上，这点李沐恩心知肚明。

“亏我还小小地期待了一下。”禄存的语气听不出是玩笑还是认真，“你还从来没对我这么亲昵过呢。”

李沐恩没再理会他，眼睛只直直地盯着自己的父亲。看得出来，他情绪很激动，一直想要继续加价，但最终还是被继母拦了下来。

“两百万一次，两百万两次……”工作人员不停地偷瞟着李父，最终还是敲下了手里的槌子，“两百万三次，成交！”

全场爆发出小小的骚动。

这支簪子并不是全场交易价最高的，却是溢价最多的。竞品交易价几乎是市场价格的四倍，这是以前从未有过的事情。

随着槌子落下，簪子的新主人也尘埃落定。李父的脸色“唰”的一下白了，整个人像是被抽空了力气，瘫倒在座椅上。

李沐恩看着这一切，觉得有些头疼。

看不懂，她实在是看不懂，既然他亲手把簪子送上拍卖台，为什么还要这么大费周章地花高价把簪子买回来？

现在他最缺的不就是钱吗？

拍卖会结束，禄存也站了起来："走，一起去看看我新买到的东西。"

不知道是不是自己的心境在作祟，李沐恩觉得禄存的话里掺杂了一些刻意的炫耀。她翻了个白眼，跟着禄存离开了席位。

在贵宾休息室，禄存终于拿到了心心念念的簪子。

"这小东西可值二百万呀。"禄存虽然嘴上这么说着，语气里却丝毫不见肉疼。

李沐恩在旁边看着："明知道贵你还买。"

禄存端详着手里的簪子："有些东西是不能用金钱来衡量的。"

"就因为它来自须弥？禄存先生，你为什么对来自须弥的东西这么有执念？"

禄存轻轻抬眼："怎么，采访现在就开始了吗？"

不等李沐恩回答，他又开了口。

"告诉你也没关系。你知道的，我一直都在努力找回自己的记忆。我发现每当我看到来自须弥的东西，都会感觉到一种无端的亲切感。还有这个铃铛，这个封印了我又能召唤我的铃铛，也是来自须弥。"

禄存指了指李沐恩脖子上的铃铛。

"所以我在想，也许须弥和我丢失的记忆有关联。但很可惜，须弥在五百年前就已经消失了，我只能搜罗一些来自那里的文物寻找线索。因此，但凡是来自须弥的东西，我都不会放过。”

李沐恩“嘁”了一声：“你把这些事情全都告诉了我，那就是默许我把你的秘密报道出来了？”

“恰恰相反。”禄存微笑，“我之所以告诉你，是因为知道你一定会替我保守秘密。”

门口突然响起了敲门声，禄存清了清嗓子：“请进。”

推门而入的是李沐恩的父亲。

李沐恩一愣，随即下意识地挪了一步，躲到禄存的身后。

她和父亲已经有好多年没有见过面了。这些年来，她改变了发型，改变了穿着风格，加上现在还戴着一副宽大的墨镜，父亲没有认出她。

李沐恩似乎明白禄存为什么要她戴上这副墨镜了。

“禄存先生，您好。很抱歉，我知道这么来打扰您是我唐突，但我有事情想和您商量。这件事对我来说很重要。自我介绍一下，我叫李志安。”

“久闻李先生大名，请坐。”禄存招呼他坐下，自己坐到了他对面的沙发上，“不知道李先生所说的‘重要的事’是指什么？”

李志安看了李沐恩一眼，脸上挂了些窘迫的笑容。禄存马上读懂了他的表情：“这位不是需要回避的人。她是我的女朋友，我们之间没有秘密，李先生有什么话不妨直说。”

听到禄存说自己是他的“女朋友”，李沐恩又翻了一个白眼。如果她开口反驳，父亲一定能听出她的声音来，禄存就是吃定了这一点才敢这么肆无忌惮地撒谎。

真不知道他葫芦里卖的是什么药。

“既然这样，那我就直说了。我这次来打扰您，是为了您刚刚拍下的那支发簪。禄存先生可能不知道，其实这支发簪的原主人就是我，确切地说是我的女儿。”

李志安无意识地搓了搓手，显得十分局促不安。

“这支发簪是我已经去世的结发妻子的遗物，也是她留给我女儿唯一的东西。它对您来说也许只是一件普通的收藏品，但对我来说，它有着十分重要的意义，这也是我刚才不计后果跟您竞价的原因。禄存先生，我从一开始就没有卖掉它的打算。”

禄存听后笑了笑：“但这支簪子是我用真金白银买下的。李先生，于情于理，现在这支簪子都已经是我的了。”

李志安的脸变红了：“我知道我这么做实在是过分，但是禄存先生，如果弄丢了这支发簪，我就没脸再见我的女儿了。”

听到父亲提到自己，李沐恩的嘴角微微动了动。

禄存听后前倾了一下身子，问道：“您的女儿？”

那副神情，那副姿态，既充分表达了自己面对八卦极度的好奇，又完美体现出自己碍于面子和身份的克制。但实际上他分明什么都知道。

演技真好，堪称影帝。李沐恩在心里默默下了定论。

“是的，我的女儿。”见禄存产生了兴趣，李志安连忙开口，“我有两个孩子，都是亡妻生的。说来惭愧，我是穷小子出身，最怕的就是过穷日子。所以一直以来我都拼了命地赚钱，不想让我的家人吃我吃过的苦，受我受过的罪。可是我忽略了，如果只埋头赚钱，就注定会错过许多别的东西。我甚至……我甚至错过了见我已故妻子最后一面的机会。”

李志安说到这里，开始哽咽。

“其实我早就知道她生病的事，可她总是在电话里告诉我病情不严重，让我不用担心她，所以我一点心理准备都没有。下病危通知单的时候我在国外，我坐了最早的航班赶回去，可是到底没能赶上……”

他的眼眶发红了，语气里也带着些许哭腔。李沐恩看了看他，从自己的包里拿出纸巾，递了过去。

“谢谢。”李志安接过纸巾，揩了揩鼻子，“亡妻走了之后，我想了很多。我知道我做错什么了——挣那么多钱有什么用呢？我的两个孩子看我的时候，眼神都是陌生的。那时候我就发誓，要把亏欠他们的都补回来。我现在的妻子是一个贤良淑德的好女人，也答应我会好好疼爱我的孩子。所以我和她再婚了，也开始学着顾家，努力做一个好父亲、好丈夫。但我没想到，这会成为我两个孩子离开家的原因。我很快再婚，又变得顾家，这让两个孩子以为我不爱他们，也不爱他们的母亲——我以为这是在极尽自己所能补偿他们，却没想到让他们有了误解。原来我从始至终都没有站在他们的角度考虑过问题，我只是一个自以为是的父亲罢了。”

他重重地叹了一口气。

“我现在是很缺钱，但是这支发簪，对于我的亡妻，对于我的女儿，对于我，都太重要了，我从来没动过卖掉它的念头。我现在的妻子不知道这支簪子的重要性，才在我不知情的情况下把它登记给了拍卖行。当然，发生这样的事情，我也有责任，所以我一开始是想花高价把簪子买回来的，没想到……禄存先生，情况大概就是这样。我愿意用高于两百万的价格从您的手中回购这支簪子，希望您能谅解。毕竟从一开始，这支发簪会出现在拍卖会上就是一个失误——”

“并不是失误。”禄存突然打断了他，“其实这件事也不能全怪尊夫人。她一开始并不知道这支簪子的存在，是我私下找到了她，并且告诉她我愿意出高价买下这支簪子。不过她也是好意，想替你分担经济上的压力，你不必责怪她。”

李志安一怔，随即收起了客套的笑容：“禄存先生，你这样做是不是太过分了？”

禄存轻笑道：“我做事从来都不择手段。”

李志安冷了脸，语气中的尊敬也消失了：“你这样做究竟有什么目的？”

“目的嘛，谈不上，我只是觉得你没有处置这支簪子的资格。当然，我也没有。因为你我二人都不是这支簪子真正的主人。”

禄存一边说着，一边看向一直一言不发的李沐恩。

“这支簪子到底该怎么处置，还要由它真正的主人说了算。亲爱的，你觉得呢？”

“你的意思是，你把这支发簪送给了这位小姐，让她决定发簪的去向？”李志安猛地站起身，来到了李沐恩的面前，“小姐，刚刚的话你也听见了，这支发簪对我来说真的很重要，算我求求你，希望你能割爱。这是我女儿的东西，如果弄丢了它，我实在不知道该怎么去面对我的女儿——”

“为什么不敢面对？你觉得，我还没长大，还会像小时候那样又哭又闹？”

李沐恩突然开了口，摘下墨镜，露出一双有些泛红的眼睛。

“爸爸。”久违的两个字从她喉咙里跑了出来，“你有苦衷，为什么不告诉我呢？”

李志安张着嘴，久久没能说出话来。他已经很久没有见过女儿了，没想到能在这里遇到她。

嘴唇微微地颤抖了几下，李志安终于说话了：“沐恩，你变样了。你长大了，变漂亮了，也瘦了……你一直不怎么会做家务，也不会做饭。我总是担心，你自己一个人会吃不好……”

他深吸一口气，像是鼓足了勇气：“如果你工作不忙，有时间的话，就和阿桑一起回家吃个饭吧。”

“吃饭”这两个字，有时候代表着一种和解。李沐恩还记得自己小时候和妈妈吵架，总是妈妈先向她示弱。妈妈会去敲她的房门，然后喊一句“吃饭了”。

亲情是很微妙的，在很多时候，父母和孩子都无法坦诚面对彼此。他们羞于去愧疚，也羞于去表达自己的爱意，就只能想尽办法用别的方式来小心翼翼地试探彼此。

李沐恩抽了抽鼻子：“好。”

也许再多说几个字，她就要哭出来了。

“看来李先生对我的处理方案很满意。既然这样，那我就不多打扰了。现在，物归原主。”禄存起身，把手里的簪子递给了李沐恩，接着就要转身离开，“另外，如果李先生在资金方面还有困难的话，随时可以来找我。我很看好您和贵公司的业务能力，愿意投资。”

李沐恩叫住了他：“等一下！”

禄存停下脚步，转过身问：“怎么了？”

“你做了这么多，是为了帮我？”

禄存轻轻地笑了笑：“你这么说，我实在是受之有愧。说是帮你，其实也是为了我自己。我只是想早日完成答应过你的事，拿回我想要的东西。”

“这支簪子……你就这么给我，真的好吗？你不是很需要来自须弥的东西吗？”

“君子不夺人所爱。何况，这么美丽的簪子，也只有你这么美丽的姑娘才配得上它。”

说着，他半倚在门框上。

“想谢我的话，就戴上它给我看看吧。”禄存开着玩笑，“美簪配美人，万一我看了之后心情好，真能想起来什么呢？”

李沐恩听后，真的伸手把自己的头发绾成一个髻，并把那支簪子插了上去。

她走到禄存面前，微笑着问道：“好看吗？”

禄存一怔，有些失神。随即他反应过来，低下头去，用手指捏了捏自己的眉心。

李沐恩察觉到他的异常：“怎么了，你不舒服吗？”

“没什么。”禄存摇摇头，开门走了出去。

就在李沐恩冲他微笑的一瞬间，他突然感觉自己的心跳停了一瞬。

眼前这个戴着簪子的女人让他有种莫名的熟悉感。怀念、欣喜、悲伤、痛苦、挣扎、无奈……许多复杂的情绪一起将他包围，让他瞬间变得手足无措起来。

脑海还是一片空白，记忆仍旧空空如也，那些情绪却真实得让他几乎失态。

“怎么回事……”禄存不由得自言自语。

可是连他自己都给不了答案。

禄存大口喘息着，在一处没人的地方停了下来，闭目倚墙，想平复自己的心情。

这不是他第一次看到这支簪子，也不是第一次见到李沐恩。可当她戴上簪子的时候，他却感到那么熟悉。

熟悉到仿佛在千百年以前，他就曾经见过她这副模样。

“沐恩，阿桑，饭做好了，快过来吃饭了。”继母一边上菜，一边招呼着李沐恩和李桑，“这条鱼可是你爸亲手蒸的，快趁热尝尝——碗筷放下，盛饭就让阿姨来，你们坐着等着吃饭就好。”

她的语气里有显而易见的讨好。这次她弄巧成拙，把李沐恩的簪子送到了拍卖会上，事后她忐忑不安，只能殷勤地去讨好自己名义上的女儿。

李志安也从厨房里走了出来，边摘掉自己身上的围裙边说：“我折腾了一上午啊，也就做出来这一道菜。要论做饭，还是你们妈——阿姨拿手。”

继母也盛好了米饭：“来，趁热吃。”

李沐恩才吃了几口，一抬头就看到继母似乎在偷偷抹泪：“怎么了？”

“没什么。”继母马上擦干泪水，“你爸啊，一直都盼着能和你们一起好好吃顿饭。”

她是真心爱着李沐恩的父亲，也一直努力想得到两个孩子的认可。可是无论她怎么努力，都无法冲破没有血缘的隔阂。

如今两个孩子都回了家，多年来一直想看到的画面终于实现了，这让她百感交集。

“妈。”李桑甜甜地喊了一声，“等我和我姐不忙的时候，一定多回家吃饭。”

“对。”李沐恩也开了口，“妈，等我有空的时候，一定多回家吃饭。”

继母再次落泪。她没有李父那么坚强，眼泪盈满眼眶，就一定会落下来。

她等这声“妈”已经等了很久了。

“你看你，哭什么嘛。两个孩子好不容易回家来吃顿饭，别哭哭啼啼的。”李志安拿来了红酒和酒杯，“来，咱们喝一杯。今天可是个好日子，孩子回家了，公司的资金也有着落了——说起来，这都要感谢那位先生。”

他给李沐恩倒了杯酒，装作漫不经心地问："沐恩，他是你男朋友？"

李沐恩一怔，立刻想起禄存曾经说过的那句"她是我的女朋友，我们之间没有秘密"，脸"唰"的一下红了："不是，那个是……哎呀，你们误会了！"

那是他为了演接下来的戏而随口说出的话，怎么能当真呢？

李志安继续说："沐恩啊，爸爸也不是老顽固。女儿大了，有男朋友了，这很正常嘛，不必害羞。何况我觉得那位先生还蛮不错的。"

"什么？姐，你有男朋友了？"李桑也来凑热闹，"这么大的事你怎么不告诉我呢？"

李沐恩还想辩解："我哪有……"

李桑不听她解释："我太伤心了，姐，你有男朋友也不告诉我，现在居然还想骗我。"

李沐恩继续辩驳："你们误会了，他根本不喜欢我。我们只是普通朋友而已。"

李志安想了想，小心试探着问："你们吵架了？"

"都说了不是！"禄存再怎么不靠谱也是个货真价实的神明，她怎么可能会和一个神明谈恋爱？

"你们年轻人自己的事情，我们做长辈的也不好插手。"李志安说，"但我觉得那位先生真的很不错。不说别的，他愿意花这么多心思为你做这么多事，那绝对是真心喜欢你。"

"'那位先生'是谁啊？"李桑开始撒娇，"姐，爸，你们告诉我嘛！

我姐夫是谁啊？”

“小孩子别瞎凑热闹。”看到李沐恩已经羞得满脸通红，李父只好把李桑轰了回去，“等你小子找到女朋友再说！好了好了，都吃饭。”

李沐恩把头低了下去，自顾自地扒着饭，根本不好意思再抬头。

——不说别的，他愿意花这么多心思为你做这么多事，那绝对是真心喜欢你。

她想知道，哪怕只有一点点，他真的喜欢自己吗？

“沐恩！”

李沐恩刚回到杂志社，主管就追了上来。

“我听小胡他们说，你和禄存之前就认识？”

李沐恩只好干笑：“哈哈哈，算是吧……”

“你认识他怎么不早说？”主管猛地拍了一下她的后背，“这么好的资源，你为什么不早告诉我？”

李沐恩讪讪道：“其实我跟他也不是特别熟……”

“哎，别谦虚了。小胡他们一回来就全告诉我了，你跟禄存的关系可不一般啊。”主管期待地搓了搓手，“那你这次采访得怎么样？收获很大吧？”

先前李沐恩满脑子都是自己的父亲，哪里还记得自己担负着采访禄存的重任。主管这么问，她只能想办法糊弄过去：“呃……那天禄存他有点忙，拍卖会一结束就离开了，我没能采访到……”

“不要紧不要紧，有你这个青山在，还怕没柴烧？反正你和他那么熟，就随便约个时间，好好采访一下。”主管激动得两眼冒光，“沐恩，现在你可是全社的希望！”

主管都说到这个份上了，李沐恩也不好意思再说什么了，只能硬着头皮答应：“好。”

走一步算一步吧。

回到家里，李沐恩把包包一甩，瘫倒在了沙发上。

时针指向了七点，是该吃晚饭的时候了。

禄存现在吃饭了吗？吃的什么？和谁一起吃的？

不静下来还好，一静下来独处，她脑子里居然全都是他。

好吧，她承认，禄存做的那些事的确让她感动得一塌糊涂。

可这不代表禄存对自己有那个意思。他是神明，为自己做的这一切不过是为了早日拿回他的记忆，自己又何必自作多情呢？

话虽如此……如果只是见他一面的话，算不上过分吧？正好自己还有采访他的任务在身，主动约他出来见上一面也算合情合理。

李沐恩的脖子上还挂着那个小铃铛，只要轻轻地摇一摇，禄存就会出现在她的面前。

想到这里，她猛地站了起来，开始对着空空的墙壁演习。

她已经很久没有召唤过禄存了。

不知不觉中，她也开始顾虑他的感受，莫名其妙就被别人随意召唤到身边，换作是谁都不会高兴吧？既然这样，那在召唤他来之前一定要想好一个说得过去的理由。

李沐恩清了清嗓子，开始斟酌等一下要说的话：“叫你来也没有别的事，不采访你的话我就完不成任务，我也是没办法……不行不行，这样太颐指气使了……”

她换了另一副语气。

“这次真是谢谢你了，我和爸爸已经和好了，一家人在一起高高兴兴地吃了一顿饭……哎呀，不行，他肯定对这些家长里短的事没兴趣。”

李沐恩自言自语着。

“干脆就诚实一点，直接告诉他我想他了……这种话怎么可能说得出口？”

左思右想，她都没能想出一个合适的借口，只能发愁地用自己的额头轻轻磕着墙。

一下，两下，三下……十几下之后，李沐恩觉得墙似乎变软了。她抬头一看，发现自己磕的不再是墙，而是一只不知道什么时候出现的手。

李沐恩猛一回头，发现禄存正笑眯眯地看着她，一只胳膊恰好支在她的耳侧：“你在干什么？”

“我我我……”李沐恩变得结巴起来，“这这这……这是现在流行的健身方式，可以锻炼脑力，哈哈哈……”

禄存挑了挑眉毛。

李沐恩突然察觉到有什么不对：“你为什么在我家里？什么时候来的？”

她刚刚说的那句“干脆就诚实一点，直接告诉他我想他了”该不会被他听到了吧？

禄存似乎并没有赶上能亲耳听到那句话的时机。他把胳膊收了回来：“我呢，是特意来接受你的感谢的。我费了这么大力气，折腾了这么久，实现了你的第一个愿望，你难道不应该感谢我？”

李沐恩反问：“你想要我怎么感谢你？”

“请我吃饭。”禄存说，“我到现在还饿着肚子呢。”

“你想去哪里吃？我来预订位置。”

“我累了，懒得再动了，就想在这里吃。”

李沐恩听了立刻掏出手机：“你想吃什么？我点外卖。”

“喂，你这个人也太没有诚意了吧。”禄存似乎很不满意，“我要是想吃外卖，还用得着大老远特地跑到你这里？”

“可我不会做饭。”

“简单的总会吧？我这个人没那么难伺候，简单做一点就好。”

“简单的……”李沐恩点了点头，“我会。”

她转身来到厨房，打开了柜子。禄存兴致勃勃地跟在她身后：“你会做什么？”

李沐恩从柜子里拿出两盒泡面：“泡面。”

既然已经说过自己没那么难伺候了，禄存只好点点头：“也行。”

李沐恩烧好热水，接着打开泡面盒，拿出里面的塑料叉子和调料包。

禄存在一旁看得兴致盎然，仿佛在观看什么罕见的表演。

李沐恩偷瞟他一眼，心里不知怎么就升起了一种紧张感，手上的动作也不由自主地变得僵硬起来，调料包怎么都撕不开。

她再次用力。

这次调料包直接飞了出去，正好砸在禄存的头上。

各种粉末和蔬菜碎屑撒了禄存一头。他头顶着那些乱七八糟的东西幽幽地叹了一口气：“我说，你这不是要泡面，你这是要泡我啊。”

李沐恩被戳中心事，突然端着泡面就跑了出去：“你少自作多情，谁要泡你啊！”

禄存一脸莫名其妙，只好抖掉头上的调料粉，跟着李沐恩走进餐厅。

经历了一番波折，泡面总算是泡好了。

两个人面对面坐在餐桌上吃了起来。

禄存咽下一口泡面：“我问你。”

“嗯？”

他指了指李沐恩脖子上挂着的铃铛：“你为什么最近都不召唤我了？”

李沐恩被他问得一愣：“之前不是你自己说的，随意召唤神明是大不敬，让我少烦你吗？”

“我说过的话多了，我还说过既然答应了要帮你实现愿望，有事情可以找我呢，你怎么不记得？”

“我这不是也没什么大事儿嘛。”

禄存恨恨地咬牙：“你……”

“啊，我知道了。”李沐恩看出了他的破绽，露出贼笑，“你想见我！”

“我还不是为你着想。”禄存嘴硬，“明明是你要采访我，结果还要我亲自过来找你。”

经他这么一提醒，李沐恩突然想起来：“那我现在可以采访你了？”

“你想得美。”禄存叉起一口泡面，“今天晚上我是来吃饭的，别的一律不干。想要采访我啊，下次见面的时候再说。”

说来说去，还是在暗示李沐恩“下次见面”的事情。

可惜李沐恩浑然不觉：“下次啊……那又不知道要等到什么时候了。”

禄存简直被她气得没辙：“喂，摇一摇铃铛很难吗？”

“谁知道我摇铃铛的时候你在干什么，有没有空，方不方便？”李沐恩叹气，“你要是有手机就好了，如果能打电话或者发微信，就可以提前约好时间了。”

禄存想了想：“那如果我有一部可以打电话、发微信的手机，你就会约我见面？”

李沐恩用叉子戳了戳自己面前的泡面：“那肯定啊。”

话音刚落，门口就传来了响动：“姐，你吃饭了没有？我买了一堆零食……”

李桑笑嘻嘻地走了进来，一看到李沐恩和禄存面对面一起吃着泡面的情形，笑容瞬间凝固。

“您……您怎么在这里……”他伸出手指了指禄存，声音都颤抖了，“不是说好了论文开学再交吗？您至于跑到我家里来催吗？我的教授大人！”

禄存和李沐恩面面相觑。

“他是你弟弟？”

“你是他教授？”

这个世界果然很小。

两个人瞬间搞清楚了状况，唯独李桑还不知道发生了什么：“教授，您在学校逼我写论文折磨我也就算了，可现在我都放暑假了，您怎么还追到我家里来？”

禄存转念一想，放下了手里的泡面：“我过来是为了带我可爱的学生参加社会实践。走，跟我出去。”

李沐恩发蒙的时候，禄存已经带着李桑出门了。

“教授，我们去哪里？”

“去买东西。”禄存看了看自己腕上的手表，“现在还不算晚。”

李桑摸不着头脑：“您要买什么？”

“手机。”禄存说，“我不懂这个，不过我看你经常玩，应该挺有研究的。你替我挑一个。”

李桑咧着嘴角干笑了两声。

他这位教授大人，脾气秉性是出了名的古怪。学院里人人都知道他没有手机，复古得像一个古代人。没想到他现在突然要买一个，还非要拉上自己，真是让人猜不透他葫芦里究竟卖的什么药。

禄存看了看周围：“我们去哪里买手机？”

李桑指了指：“那边有一家手机大卖场，我们去那里吧。”

两个人一进门，导购小姐就热情地迎了上来：“两位先生想买什么样的手机？”

李桑转头问禄存：“教授，您想要个什么样的手机？”

禄存冲导购小姐笑了笑：“我要一个能打电话的手机。”

不愧是研究古董的，这家伙自己就是一个缺乏现代生活常识的老古董。李桑苦笑：“教授，手机都能打电话。”

“啊？”禄存显然没想到，“是这样的吗？”

“哈哈，教授您可真幽默。”李桑干笑，“除了打电话，您还有什么别的需求？比如拍照片、发微信、看视频、打游戏……”

“哦，对，”禄存猛然想起，“我要一个能发微信的手机。”

“还有什么其他需求？”

“没有别的需求了。”禄存说，“功能越少越好，太复杂了我不会用。我就要一个能打电话、发微信的手机。”

李桑听完简直头疼，只好对导购小姐说：“麻烦你按他说的挑一个。”

导购小姐在一边偷笑很久了：“稍等。”

她转身拿来一个盒子：“在我们店里，只有这台符合您的要求了。”

李桑看了看盒子里的东西，整个人都精神了：“儿童电话手表？”

开什么玩笑！

“对，能打电话、发微信，其他功能一律没有。”导购小姐介绍，“完全符合这位先生的要求。”

李桑抬眼偷偷瞟了一眼禄存，他似乎对这个儿童电话手表很感兴趣。

“这样……就可以打电话，这样……就可以发微信，操作非常方便，小孩子都能轻松上手。”导购小姐热情地向禄存示范着使用方法，“先生，您觉得怎么样？”

“很不错。”禄存已经把那块做成小蜜蜂形状的儿童电话手表戴到手上了，“体积也够小，携带很方便。就它了。”

一个身材修长，样貌英俊，西装革履，而且看起来神志清醒、智商正常的成年男人，手上却戴了一块小蜜蜂款式的儿童电话手表，这幅场景真的是非常辣眼睛。

李桑捂了捂自己的脸颊，他觉得牙疼。

付完钱后，禄存一边玩着自己的儿童电话手表，一边和李桑往回走，看样子十分心满意足。

“对了，”禄存摆弄着自己的新手机，“你姐姐的电话号码是多少？”

李桑脚步一顿：“教授，您买手机该不会是为了我姐吧？”

禄存只是一笑，没有回答。

李桑感觉自己全身的寒毛都竖起来了：“您该不会是喜欢我姐姐吧？”

刚才他看到禄存和自家老姐一起吃泡面的场景就已经觉得非常诡异了！

“我只是问一下电话号码，你这么紧张干什么？”

“教授，我知道我老姐很漂亮，追求她的男人也很多。”李桑停了下来，表情也逐渐严肃，“可是她已经有男朋友了。”

虽然他不知道那个人是谁，老姐也没有承认，可是老爸都在饭桌上那么说了，总不会是空穴来风。

而且看自家老姐当时害羞的表情，她应该是真的很喜欢那个人，才会脸红成那样。

禄存听到这句话，脸上的笑容逐渐消失了："她什么时候有的男朋友？"

"这个嘛……我也不知道。"李桑挠了挠头，"但我老姐很喜欢他。"

禄存张了张嘴，最终还是一句话都没能说出来。

李沐恩美丽、聪明、能干、性格开朗，这么一个耀眼的女孩子，有男人喜欢、追求是再正常不过的事情。

可是……为什么会这么不甘心呢？

沉默半晌之后，禄存拍拍李桑的肩膀："天色不早了，我先送你回家。"

两个人走进了小区，李桑开口："您别再送了，都已经进小区了，我一个男孩子能有什么危险？"

"没关系。"禄存说，"反正马上就要到了。"

闲聊的时候，两个人走过了拐角，已经能看到楼栋的大门了。

李桑眼尖，突然指了指前面："那是不是我老姐？"

果然，李沐恩正站在楼栋前面，和一个人说着话。

李桑抻着脖子，努力辨认："那是谁啊？好像是个男人……"

天色已经晚了，小区里的路灯也算不上亮，只能模模糊糊看见两人的身影。

李桑说着加快了脚步："该不会是我姐的男朋友吧？"

禄存眯了眯眼睛，看清了站在李沐恩面前的那个人。那个人他认识，星河观的三脚猫少主陈思达，原本就对李沐恩抱有好感。

原来是他。

“对了，教授，”李桑想起了什么，转过身说，“既然都到这里了，干脆去我家喝杯茶再走吧？”

“嗯？”禄存回过神来，转身离去，“不了，天也黑了，我要回去了。”

“干吗走那么快嘛！”李桑这么一喊，连李沐恩都注意到了他，“教授，我姐她在喊你呢！教授？教授！”

不知怎的，听到李沐恩在喊自己，禄存反倒加快了脚步，有些落荒而逃的意思。

原来他那么小气，原来他一点都不大度，原来他对她是那么在乎。

第四章

遇到我你就幸运了

李沐恩举着手机："我看到你了，往左边看。"

陈思达扭头，果然看到了李沐恩的身影。他挂了电话，跑了过来："对不起，来打扰李小姐实在不好意思。可是我思来想去，也没有别的人可以求助了。"

"别客气，之前你那么卖力帮我，这是我应该做的。"李沐恩指了指楼栋，"我们上去说？"

李沐恩是个讲义气的人，之前禄存刚刚出现的时候，陈思达也鞍前马后地替她做了不少事。虽说的确没帮上什么忙，不过没有功劳也有苦劳嘛。好歹相识一场，陈思达一打电话来说有事情想请她帮忙，她就一口答应了下来。

"不用那么麻烦。"陈思达连忙摆手，"其实就是几句话的事，我说完就走，就不上楼打扰李小姐了。"

李沐恩说："那是什么事？"

"就是……"陈思达不好意思地笑了笑，"我想问问李小姐，你和之前附在你身上的那个厄运神还有往来吗？"

李沐恩如实回答："有啊。"

“那……”陈思达的语气变得急切起来，“他最近还在骚扰你吗？”

“骚扰……也谈不上。”她想见他的时候还见不到呢，“最近我们相处得还不错。”

陈思达又问：“他是怎么改变主意的？”

“这个……”最近发生了太多事，一一解释有些麻烦，李沐恩只好笼统地说，“我和他坐下来好好谈了谈。神明嘛，总是要讲道理的。”

“神明总是要讲道理的……”陈思达小声念叨了一遍，然后叹了口气，“我遇到的神明怎么就这么不讲道理呢？”

李沐恩听出了端倪：“怎么了？”

“不瞒你说，我最近也遇到了点小麻烦。”陈思达说，“李小姐还记不记得，那天你去星河观，我意外召唤出的那个很漂亮的天仙姐姐？”

李沐恩的脑海里立刻浮现出那个要命的福运神：“你是说天同？”

“对对，”陈思达连忙点头，“就是她。”

“她怎么了？”

“最近我和天仙姐姐经常接触，也了解到了关于神明的不少事情。李小姐，你知不知道，召唤神明是大不敬？”

李沐恩想起禄存的确这么对自己说过：“知道。”

“那你知不知道为什么召唤神明是大不敬？”

李沐恩摇了摇头。

“因为一旦有人成功召唤来神明，神明就要对这个人负责到底。福运神的工作，除了要修正错误运场，维持福厄平衡，还要给人们带来福运。如果有人能够召唤出福运神，那么福运神就有义务赐予他一生的庇护。所以，一旦召唤，就是一生纠缠。换句话说，如果不能让召唤者满意，神明就只能滞留在人间。而我召唤出的那个天仙姐姐，恰好就是个福运神。”

“那你还苦恼什么，怎么看都是你赚到了。”李沐恩问，“能得到神明赐予的一生的庇护难道不好吗？”

“可是天仙姐姐身份特殊。”陈思达再次重重叹了口气，“她是福德宫的主人。”

李沐恩一怔：“福德宫的主人？”

陈思达又开始解释：“所谓福德宫，就是所有福运神的住所。福德宫的主人，就是所有福运神的统领，也是身份最为尊贵的福运神。因为身份尊贵，法力强大，所以福德宫的历届主人都不会轻易来到人间，一旦来了，就会扰乱人间的福厄运场，破坏福厄平衡——李小姐，我猜你最近也遇到了许多反常的事情吧？”

的确，李沐恩从一出生就过得顺风顺水，从不知道倒霉为何物。但最近她遇到了太多的不顺心：错过拍摄，丢失底片，遭遇车祸险些丧命，连父亲的生意也莫名其妙地受了挫。而这一切全都发生在天同出现之后。这么说来，发生在她身上的所有倒霉事似乎都有了合理的解释。

“天仙姐姐说，福厄运场被扰乱还不是最可怕的。运场被扰乱，就像是往河里丢一块石头，一段时间之后，河面上的水波自然会散去，一切都会恢复如初。但是如果她继续留在人间，也许会发生很可怕的事情。”

陈思达的表情过于严肃，李沐恩不由得紧张起来：“会发生什么可怕的事情？”

“我也不知道。”陈思达摇了摇头，“据说上一任福德宫的主人就是因为久留人间，沾染上了原本只属于人类的情感，最终铸成了大错，在人间造成了一场浩劫。所以天仙姐姐坚持要和我签署一份契约，让我自愿了断和她的缘分。如果结缘破裂，她就可以没有顾虑地离开人间，不用再和我有任何瓜葛。”

“解决方案都给你了，你还发什么愁？”李沐恩说，“你签完契约不就能恢复到以前的生活了吗？”

陈思达抽抽鼻子，一副委屈相：“可是我爱上天仙姐姐了。”

早就知道这个陈思达天生一副花花肠子，贪恋美色，见异思迁，但没想到这家伙能迁得这么快。上一秒还对着李沐恩献殷勤，下一秒遇到了更漂亮的天同就直接变了心。

“爱上神明，你可真敢啊。”不过她也没有资格说他。

“我从来没见过像天仙姐姐那么漂亮的美人，我对她一见钟情了。我意外把现形阵画成召唤阵，没召唤出别人，却偏偏召唤出她，这一定就是天赐的缘分，绝对是上天给我的恩赐，她就是我的天命之女！”陈思达已经沉浸在了自己的世界里，“可她现在居然告诉我，要我签署自愿了断缘分的契约，让结缘破裂，我怎么可能答应？可是神明的世界离我实在太远了，想来想去，我能求助的只有你了——既然那位厄运神先生当时肯从天仙姐姐的手里救下你，他人一定很不错。我想请教他，人类要怎么做，才能和神明在一起？”

这倒也不是什么大事，她点头道：“好，下次我遇到他就帮你问问。”

陈思达“嘿嘿”一笑：“多谢。”

李沐恩也笑了：“别客气。”

“干吗走那么快嘛！”李桑的声音从远处传了过来。

李沐恩回头，果然看到了自己的弟弟。他旁边那个正匆匆离开的背影，似乎就是禄存。

“禄存？”李沐恩喊了一声，“禄存！”

可是禄存似乎没听见，自顾自地走远了。

陈思达也凑了上来：“禄存……是那位厄运神先生？”

“对，就是他。我去替你问问他——禄存，禄存！”

用尽力气喊了两声也不见他回头，李沐恩几乎要被气笑了：“他是不是年纪太大了，耳朵也不好使了？这家伙也没个手机……天色不早了，你回去吧，我去追他。”

“禄存，好久不见。”

突然出现的声音让禄存停下了脚步。周遭一片漆黑，一个身影从夜色中走来。

等他走近了，禄存才终于看清对方的样貌。

那是一个长发男子，头发被捆成一束柔柔地垂在身后，长相阴柔，有些雌雄莫辨。可他一开口，就知道他是个实实在在的男人。

“怎么，”那人向他微笑，“五百年不见，不记得我了？”

他就是禄存记忆里唯一没有被抹去的人，或者说，他就是抹去禄存记忆的人。

“紫微，众神之主，整个神界最为尊贵的存在。”禄存叫出了他的名字，“我当然记得你。”

“你还是老样子，见了我既不行礼，也不参拜，连‘您’都懒得说。整个神界，也只有你敢用这副口吻对我说话了。天下苍生皆敬畏我，唯独你，对我有敬无畏。”紫微笑了起来，“之前我就在想，如果你失去了尊贵的身份，是不是就会收敛点。没想到你现在失去了记忆和神职，沦为了一个低阶的厄运神，居然对我还是这个态度——可见你的桀骜不驯是被刻进骨子里的。”紫微说到这里，幽幽地叹了口气，“所以才让人这么不省心啊。”

禄存冷冷地看着他：“堂堂众神之主紫微，纡尊降贵地来到我这个低阶厄运神面前，难道就是为了说这些废话？”

“态度别那么冷淡嘛。”紫微眨了眨眼睛，“难道你这是在记恨我判处给你的刑罚？”

哪怕记忆残缺不全，刑罚带来的痛苦仍然让禄存心有余悸。抹掉记忆，剥除神职，远不是嘴上说的那么轻松，而是伴随着可怕的剧痛，让人生不如死。

那是世间最可怕的折磨，是把人一点点拆碎了，剔骨剜心。

“让你痛，是为了让你长记性。你犯下那样的罪过，这样的惩戒是你应得的。我绝不会偏袒你。”

听到这里，禄存深吸了一口气。

“那请您把记忆还给我。”他着重咬了咬“您”这个字眼，“请至少让我知道，我到底犯了什么错。”

“果然是长记性了，都学会服软了。”紫微还在微笑，“不过我还是要告诉你，当年我只剥除了你的神职，并没拿走你的记忆和你原本的法力——它们一直沉睡在你的身体里，只是还没有苏醒罢了。”

禄存眼睛一亮：“那我的记忆什么时候会苏醒？”

“等到合适的时候。”紫微说，“你还没有亲手弥补自己的罪过。等到你真正明白自己错在哪里的那一刻，它自然会醒来。”

禄存又问：“那我具体要怎么做？”

“你自己不是已经给出答案了吗？你一醒来就找到了那个拥有过量福运的小姑娘，还和她约定好，帮她实现三个愿望，用来交换她多余的福运——很聪明的做法，不愧是你。”

紫微一边说着，一边摸了摸自己的下巴。

“不过你好像很心急啊——既然如此，我先帮你唤醒一部分的记忆怎么样？”

紫微这么说着，嘴角开始上扬，笑得像只狡猾的狐狸。

“不过你要想好，可不要看完再后悔哦。”

禄存死死地盯着他：“我不后悔。”

“很好。”紫微伸出一根手指抵在自己的嘴唇上，“从哪里开始好呢？啊，就从这里开始好了——你和她相遇的那一天。”

“明月！”

耳边传来模糊的声响，禄存睁开眼睛。

眼前的景象像是隔了一层磨砂玻璃，影影绰绰，看不真切。

这是他尚未恢复的记忆。正因为没有完全恢复，周遭的一切都摇摇欲坠，极不稳定，似乎下一秒就会坍塌消失。

禄存连站在自己面前的那个人的容貌都看不真切，看身形应该是个年轻的姑娘。

“明月，我听说你在山上摔了一跤，差点滚下悬崖，可吓死我了！你一个姑娘家，不好好在家里待着，来这荒山野岭干什么？”

一个老妇人慌慌张张地跑了过来，站到了那个叫“明月”的姑娘面前。

“我带了金创药过来，你是擦伤了还是扭到了？快给我看看！”

“奶奶，我什么事都没有。这不是我付不起药钱，医馆里的大夫心眼好，说是不收我银子，我来山上采些药就能抵药钱嘛。可是崖边不知道怎么有个坑，我没瞧见……也是我倒霉。”明月似乎很不好意思，“对不起，让您担心了。”

“对不起对不起，有什么好对不起的！你这丫头啊，最大的毛病就是不想让别人操心！”老妇人直接抓了她的脚，替她上药，“我是看着你长大的，有什么不好意思的！哎，你这孩子真是命苦，你爹走得早，你娘身体又不好，整个家都得靠你养着。你说，你要是能早点找个好婆家，早些嫁人生个娃安定下来，奶奶我也能早点放心。”

“都怨我。”明月的声音里夹杂了一丝难过，“我长得太丑了，没有婆家看得上我。”

老妇人听了，沉沉地叹了一口气：“怎么好事一件都轮不到你？倒霉事倒是一件都不落下！明明是心眼这么好的一个姑娘，神明不长眼啊……”

“人总不能一辈子都倒霉。”明月说，“我娘说了，多做好事，定有福报。行善积德嘛。”

“你这丫头倒是想得开！你说得也对，人总不能一辈子都倒霉。有个词儿是怎么说的来着？‘否极泰来’，坏的到头了，好的也就来了。我上次听镇上说书的说啊，这人的运气，都是归福运神和厄运神管的。一个人要是真的倒霉得过了头，福运神就会找上门来，给这个人转运。反过来呢，一个人要是一出生就过得顺顺溜溜的，厄运神就会来缠着他。”

明月听后嘿嘿地笑了：“真的假的啊？”

“就听这么一乐儿呗，谁知道是真是假。要是真有神啊，也轮不到咱这种平头百姓见到。”老妇人站起身来，“药上好了，起来看看，现在能走不？”

明月站起来试着走了两步：“好了。”

幸亏伤势不严重，上了药后就没什么大碍了。

“好了就好。”老妇人拍拍她的背，“好了就快回家去吧。”

明月说：“我还不能回去，药没采到多少呢。”

其实医馆老板要她找的药也不是什么稀罕的草药，可她运气一向极差，花了将近一天的时间也没找到多少。明月一大早就背了一个巨大的箩筐上了山，但里面现在只装了寥寥几棵。这样根本没办法抵扣诊费和药钱。

“那你早些回家，别太晚了。”老妇人叮嘱了几句就离开了。

明月背着箩筐，继续在山上摸索着，一直到腰酸背痛，她的收获还是很少。

从小到大，但凡是和运气沾边的事情，从来都没她的份儿。

明月的霉运仿佛是与生俱来的。她没有漂亮的容貌，也没有聪明的头脑。原本她还有一个殷实的家境，可自从她出生以后，父亲就去世了，家道中落，连母亲也莫名其妙染上怪疾，常年卧病不起，只能由人伺候。而这一切都发生在她出生之后——所以哪怕她心地善良，还是有很多人对她避之不及，唯恐她会把厄运传到自己的身上。

她知道，很多人都在她背后指指点点，叫她“扫把星”。

太阳快要下山了。如果不赶在天黑之前回去，下山会变得很麻烦。明月看着天边的晚霞，叹了口气。

草药还是只有寥寥几棵，看来指望用草药抵扣诊费和药钱是不可能的了。明月咬牙，暗自做了个决定。

她决定把头上的簪子拿到当铺给典当出去，换钱给娘治病。

那支簪子是铜制鎏金的，上面镶嵌着一颗很大的明珠。珠子温润洁白，如同天上的清月一般，簪子的尾部则被做成了祥云的形状。

娘告诉她，这支簪子叫作“圆月入祥云”。

父亲去世以后，家里值钱的东西都典当了，唯一剩下的就是这支簪子。明月多少次想当掉它，可娘总是拦着，说要留着它给她做嫁妆。

但是现在，娘的病情已经容不得再等下去了。明月横下心，伸出手，要把簪子从头上摘下来。

可头上空空的，只有已经松散了的发髻。

簪子不见了。

刚才明月在山上摔了一跤，滚了下来。虽然人没什么大碍，簪子却从头上掉了下去，不知道落在了哪里。

发觉簪子丢了，明月立马焦急起来。她不顾越来越暗的天色，又回到了自己摔跤的地方，开始细细地寻找。

夜色越来越浓，天上的繁星也逐渐露了出来。山上变得漆黑一片，伸手不见五指，明月只能跪在地上，用手在草地里慢慢摸索。

她的手被荆棘刺得鲜血直流，膝盖也被碎石硌得生疼，可簪子还是迟迟不愿意出现。

明月的眼眶里开始盈满泪水，口中喃喃重复："怎么办啊，怎么办啊，簪子要是丢了，就没钱给娘治病了……"

最后，她索性大哭起来。

"为什么我会这么倒霉？凭什么我这么倒霉！我又没做过什么坏事！"

明月想起了老妇人刚刚说过的话，跪在地上，双手合十，开始诚心祷告。

"这个世界上真的有能给人带来幸运的福运神吗？神明大人，如果您真的存在，能不能出现在我的面前，帮帮我？"

她的眼角有泪水滑过。

“求求您，帮帮我。我真的很需要您的帮助。”

眼前似乎有光出现。明月赶紧用手擦了擦泪眼，发现自己的面前出现了一个人。

说是“人”，可又明显不是人。面前的这个人双脚离地，飘浮在半空当中，周身还散发着轻柔的光。

那些光既不像太阳的光那么灼热，也不像月亮的光可以洒满大地，而是像星星一样，温柔却足够耀眼。

“看你的样子，不像是懂法术的占星官。”那个人开了口，禄存发觉那正是自己的声音，“你是怎么召唤我的？”

明月已经被面前凭空出现的人吓呆了，张着嘴迟迟说不出话来。

见眼前的人不说话，禄存直接伸出胳膊，把自己的手放在了明月的头上。

“福运几乎没有，厄运却多到反常……看来是福厄运场出了差错，这的确是我的责任，怪不得你能够召唤我。”

除了拥有法力的占星官，也就只有极度幸运和极度倒霉的人能召唤出神明。因为他们的存在即是偏差，需要神明前来手动修正。

禄存轻轻落到地面，弯下腰来。

“看你的样子，这十几年来应该过得很辛苦吧。不过不用担心，你要转运了。你会变得幸运哦，从你遇到我开始。”

他把自己的手伸到明月的跟前：“先起来吧。”

明月愣愣地看着他，还是没有动作。

“怎么了？被吓傻了？”禄存饶有兴致地看着她，“即便是跪拜神明，也不用跪这么长时间吧。”

听到这里，明月忽然意识到自己还是跪着的。她窘迫地拉住禄存的手，站了起来。

在两只手相触的一瞬间，明月突然发觉自己身上的疲惫和疼痛都消失不见了。借着禄存身上发出的亮光，她发现自己手上被荆棘刺破的伤口正在以肉眼可见的速度飞快愈合着。

“您是……”明月小心翼翼地问，“福运神？”

“福德宫主人，福运神禄存。”禄存自报家门，“既然遇到了神明，机会难得，你现在有什么心愿不妨说出来，我可以替你实现。”

明月突然想了起来：“我丢了一支簪子！那支簪子对我来说很重要，应该就丢在了这附近……”

“这里黑黢黢的，找东西可不容易啊。”禄存淡然开口，然后打了一个响指，“我要找些帮手来。”

空中突然出现了许多萤火虫。禄存指尖一绕，说了一句：“去吧。”

那些萤火虫就像收到了指令，四散而去，钻进了树梢和草丛里。

微弱的萤光缓缓流动着，如同天上的星河。

明月看呆了。她愣愣地看着站在萤火虫之中的禄存。

那些萤火虫忽然聚到了一起，然后缓缓地飞向了禄存。明月看到，自己丢失的那支发簪被那群聪明的小虫找到了，它们把簪子托举到了禄存的手中。

禄存把簪子接到手里：“你丢的簪子，是不是这支？”

铜制鎏金，月入祥云，不是这支还能是哪支？眼看簪子失而复得，明月高兴极了："就是它！"

禄存走上前，把簪子重新插回她的头上："既然是重要的东西，那就妥帖保管，不要再弄丢了。"

明月没来由地脸红了。她不敢再去看眼前的禄存，只好扭头去看空中的萤火虫。

禄存看看她："你喜欢萤火虫？"

不等明月回答，他又打了个响指。空中出现了更多的萤火虫，开始围绕着他们飞舞。

"我的天啊……"明月感叹，"就和天上的星星一样。"

禄存点点头："倒真是差不多。贴近了看，星星也就这个样子。"

明月转过头来问他："您近距离地看过星星？"

"不只是我，你也见过。"禄存依旧望着眼前的萤火虫，"每位神明都对应着一颗星星，我也是——要不然怎么说只有占星官才有法力呢？他们是离神明最近的人。你看天上有这么多星星，这世上的神明也是很多的。"

他顿了顿。

"不过幸亏星星的光不耀眼。要是耀眼，福德宫里天天有那么多福运神在我眼前晃来晃去，我非要被闪瞎了不可。"

"不耀眼……吗？"

明月说着，目光却没有从禄存身上挪开。

怎么可能不耀眼呢？在她身处黑暗、孤独绝望的时候，他是出现在自己世界里的唯一一束光。

禄存仍旧看着自己面前的千千万万只萤火虫，没有察觉身边的明月正目不转睛地看着他。

在这万千闪耀的星河之中有数不尽的光芒，唯独你刹那间映满眼帘，自此之后再也挪不开目光。

明月走进绸缎庄的时候，钱掌柜正向自己面前的小姐推销着布料。

“这可是从中原运来的桑蚕丝，全须弥也找不出比这更好的料子啦！”掌柜正说着话，听到又有人走了进来，立刻满脸堆笑，“里面请！您来买料子？”

等看清了来人是明月，他脸上的笑容就褪去了，只从鼻子里发出一声冷哼。

这个小镇很小，小到每个人都互相熟识。看到进来的是那个只会买最便宜布料的穷人家姑娘，唯利是图的钱掌柜立刻收回了自己的好脸色，转而继续对富家小姐献殷勤：“您摸摸，这个手感，这个花纹，哪里是便宜的棉麻布能比得上的！”

须弥地处荒漠，干旱少雨，养活不了娇嫩的桑树。没有桑树，自然也就没有蚕丝。所以在这须弥，桑蚕丝的布料是极其珍贵的。

这样昂贵的布料明月自然是不敢碰的。她走到绸缎庄的角落，开始去翻那些摸着干硬、满是粗糙毛边的便宜棉麻布。

能穿上用这种料子做成的新衣服她也很知足。

明月挑好了一匹，把它抱到钱掌柜那里去结账。钱掌柜瞥她一眼，收了她递过来的铜子儿。

“掌柜的，再给几块没人要的碎布头吧。”明月小声地哀求他，“脏了的、破了的都行，给我些吧。”

这些碎布头拿回去可以打补丁，做一些小物件。每次明月来绸缎庄，总要跟钱掌柜讨要些不要钱的碎布头。钱掌柜又冷哼一声：“穷人就是麻烦。”

他转过身子，去给明月拿碎布头。

可是转身的时候，钱掌柜的手肘碰了柜台上的砚台一下——刚刚他正在记账，砚台就放在柜台上。

钱掌柜毫无察觉，砚台却直直掉了下去，正巧掉在了那匹价格不菲的桑蚕布上。

墨汁缓缓洇染开来，将原本精妙的花纹染成了一片乌黑。

富家小姐和明月都惊呼一声，钱掌柜闻声转过头来，脸上先是错愕，随即勃然大怒。

“你这臭丫头！”他怒气冲冲地拽住了明月，“自己穿不到好料子，也见不得别人穿！你赔我的料子！”

明月连忙解释：“不是我……”

“不是你还能有谁！”钱掌柜不听她解释，“难不成是我毁了我自己的料子吗？”

刚刚明月是离这块布料最近的人，钱老板便误以为是她弄脏了自己的布料。

果然，倒霉的人到了哪里都会倒霉。

“你不要以为你家里穷就不用赔。我告诉你，今天你要不赔我的料子，我就让你走不出这个门！”

富家小姐哪里见过这种骇人的架势，尖叫一声就离开了。

明月急得眼泪都出来了：“真不是我……”

钱老板仍旧拽着她死死不放：“赔钱！”

“放开她。”

明月听到这个声音后猛地一回头，发现禄存不知道什么时候已经出现在了她的身后。

看见来人穿着绫罗绸缎，像个阔绰公子，钱掌柜立刻满脸堆笑，但手仍没有松开：“公子有所不知，这穷丫头见不得别人好，故意弄坏我的布料……”

“我让你放开她。”禄存再次冷冷开口，“别让我说第三遍。”

钱掌柜只能讪讪地松开了手。

禄存又往前迈了一步，来到了明月的身边：“她弄坏了你的布料？”

“可不是！”一听到禄存这么说，钱掌柜立刻觉得自己占了理。他抖了抖手里的桑蚕布，上面还洇着大片大片的墨黑，“毁成这样，我还怎么卖！”

“不过是脏了而已。”禄存接过那匹布，“擦擦就好了。”

钱掌柜一听差点气歪了鼻子：“擦擦就好了？我开了几十年的绸缎庄，还没听说黑墨染到布料上擦擦就能好——能好……能好……”

禄存直接用手抚了抚那匹布料，上面的黑墨竟真的消失不见了，又变得和崭新的一样。

他把布料甩回柜台上：“这匹布多少钱？”

钱掌柜已经被吓傻了："二……二十两。"

"你这里还有没有更好的布料？"

"没了。"钱掌柜摇头，"这是我们这里最好的布料。"

禄存从袖子里拿出一锭银子："那就给这位姑娘包起来。"

钱掌柜整个人都呆住了。二十两一匹的高价，就连刚才的富家小姐都心疼了许久也没舍得买，眼前这位公子竟然眼都不眨一下。

明月连忙去扯禄存："不用的，那么贵，我配不上。"

禄存望向她："为什么配不上？"

"那是有钱人家小姐穿的好料子，"明月小声嘀咕着，"我只是一个穷丫头，我不配……"

"不许说不配。"禄存开口，"你也是宝贝，你也很珍贵。"

明月一愣，随即面色通红。

另一边的钱掌柜已经包好了布料，毕恭毕敬地送到了明月的手上。

禄存突然问钱掌柜："你刚才说，你开绸缎庄已经开了几十年了？"

钱掌柜点点头："是。"

禄存看了看四周，红木的柜子，描金的房顶，满眼的绫罗，怎么看怎么气派："看来生意做得不错。"

钱掌柜嘿嘿笑着："托您的福，生意一直不错。"

禄存又说："这铺子的确开在一个聚福的宝地。不过说到底，福运的根源在于人，而不在于风水。"

钱掌柜听得一头雾水："您的意思是？"

"意思是说，为人太势利，待人太刻薄，是要损福德的。"禄存说着就带着明月走出了绸缎庄，“话已至此，望你好自为之。”

回去的路上，一路无言。

禄存似乎不是爱说话的人。他的脸上很少出现悲喜，永远都是一副淡然的样子。

他很高傲。他是福德宫的主人，也是身份最为尊贵的福运神，在整个神界，他是仅次于紫微的存在——他有足够的资本来支撑他的高傲。

明月轻轻开口：“对不起。”

禄存看了看她：“为什么要说对不起？”

“我给您添了麻烦……”

“你没做错事，你才是受害的那个人，为什么要对我说对不起？”禄存提高了声调，“该道歉的是刚刚那个人，而不是你。”

明月看着他的表情：“您生气了？”

禄存说：“神明和人不一样，神明没有情绪和情感。我是不会生气的。”

明月眨眨眼：“为什么？”

“因为神明要做到公正。一旦和人类一样有了情绪和情感，就少不了会有厌恶和喜欢、偏见和偏袒。”禄存说，“所以我不会生气，也不会有别的情绪，更不会去偏爱谁。”

明月“啊”了一声：“是这样啊。”

所以说，他也不会爱上哪个人，是吗？

街上熙熙攘攘，车水马龙。明月抱着怀里价格不菲的布匹，总是觉得周遭有人在看她。

她就像一只偷了凤凰羽毛的灰麻雀，这样的好东西，她觉得自己实在是配不上。

“这匹布……”明月把它递还给禄存，“还请您收回去吧。”

“我说过了，不许说自己不配。”

“不是的。”明月的脸又变红了，“无功不受禄，这么昂贵的布匹，我不能白拿……”

禄存突然问：“你不觉得这是你应得的吗？”

明月一愣，没有听懂。

“你现在过得这样惨淡，全是因为福厄运场紊乱，让你没有得到自己应得的福运。说到底，这是我们福运神的错。如果不是我们的失误，你也不必像现在这么倒霉，诸事不顺。”禄存说，“我要是你，一定会觉得全世界都亏欠了我，怎么要补偿也不为过。”

明月听后笑了：“怎么能这么想呢？我已经很幸福了。”

耳边突然传来刺耳的尖叫，明月抬头，看见一辆马车正直直地向前冲去。马夫已经惊吓到失声。很明显，马匹失控了。

而在马车前不远处，跌坐着一个已经被吓蒙了的小孩子。

没有丝毫迟疑，明月扔掉了手里的布匹，向前冲去，死死抱住了那个小孩子，想要用自己的身体护住他。

马车仍旧在横冲直撞，眼看就要撞到他们。禄存猛地挥起衣袖，那架马车忽然腾空而起，从明月的头顶掠过，又重新跌回了地面。

惊马长嘶一声，前腿跪倒在了地上，不再动弹。

明月还抱着怀里的孩子，耐心哄着他："没事没事，已经没事了。"

周围的人群议论纷纷："这不是绸缎庄钱掌柜的儿子吗？就是那个见钱眼开的钱掌柜。"

明月把小孩子扶起来，拍了拍他身上的尘土："哎呀，衣服都擦破了……没事，你们家那么多布料，你爹娘不会因为这个责骂你的。快回家去吧。"

一直到人群散去，小孩子也回了家，明月才顾得上拍打自己身上的尘土。

禄存问："他是绸缎庄掌柜的孩子？"

"是啊。"明月说，"眉眼、鼻子和他爹长得一模一样，整条街的人都认得他。"

禄存又问："你认得他，还去救他？"

明月觉得奇怪："什么意思？"

"他爹刚刚那样欺辱你，你居然拼了命去救他的孩子。"禄存脸上露出迷惑的神情，"我想不明白。"

明月掩嘴偷笑："做善事哪用得着想那么多。"

禄存看着她的表情，更加不解："做善事能让人这么高兴？"

身为神明，已经活了千百年的他见过太多人性的丑恶，却极少见到人类善良的一面。

"因为我想让这个世界变得更好呀。这个世界多美啊，春天有新草，夏天有绿叶，秋天有红枫，冬天有霜雪……我觉得，能来到这个世界上就是一件很幸福的事情。我很知足。"明月去捡刚刚被自己扔到地上的布匹，“哎呀，布脏了……不过洗一洗就好了，一定能变得和你刚刚擦过一样干净。”

“很幸福……”禄存喃喃自语，“没有福运的人，怎么可能会觉得幸福呢？”

“因为‘幸福’和‘幸运’原本就是两码事呀。”明月嘿嘿笑着，“只要热爱这个世界，总能学会苦中作乐嘛，这可是穷人才会的独门秘籍。”

明月说着，渐渐走远了。

禄存跟在她后面，口中还在念叨着：“‘幸福’和‘幸运’原本就是两码事……‘幸福’和‘幸运’原本就是两码事……”

他还是第一次听到这样的观点，看似荒谬，可细想之后不无道理。

想得入神了，步子也就自然而然变慢了。明月一回头，向他笑了笑：“神明大人，走快一点呀，太阳快下山了。”

日暮西沉，漫天都是柔和的暖光。那些光从她的背后洒下，把她也染上了温柔的颜色。

禄存愣了愣，不由得失神。

人类，究竟是一种什么样的存在？

他们渺小、脆弱、寿命短暂，可他们却懂得连神明都不懂的道理。

心脏突然漏跳一拍，一种异样的感觉从心口处涌出，蔓延全身。

这是什么感觉？心脏突然狂跳不止，他想要把面前的这个姑娘拥入怀中。

千百年来，这是禄存第一次有这样的感受。

似乎在她向他微笑的一瞬间，他就被沾染上了原本只存在于人间的某种东西。

“哟，禄存，好久不见。”

禄存一开门，就看到紫微坐在座椅上，正笑眯眯地看着自己。

看见紫微大驾光临，禄存的表情清冷如旧：“神主大人来我这福德宫有何贵干？”

“这不是想你了嘛！人家好久都没见到你了……”

“你少来。”禄存不给他面子，“昨天才见过面。”

“这你就不懂了。”紫微仍旧笑眯眯的，“一日不见君，如同隔三秋，这种情绪叫‘思念’。”

抑制不住想见某人，这种情绪叫思念。

原来他是在思念明月。

禄存只愣了一瞬，随即回过神来：“说得跟真的一样，你懂？”

“我是神明，这些情绪我自然不懂。”紫微笑嘻嘻地说，“只是近来你总不来找我，我无聊得发慌。这整个神界，也就你还不管那些无聊的繁文缛节，能陪我说上两句真话。可我一来福德宫找你，他们就说你去人间了……听说人间最近房价涨得很厉害，你是去抢房子了吗？”

禄存的嘴角不由得抽了抽。这位神主大人在他面前永远没个正形。

“我去人间还不是因为你。‘若是有福厄失衡之人诚心祷告，便可召唤神明。而且一旦召唤，就是一生纠缠。’这规矩不是你定的吗？”

紫微显然已经得知了关于明月的事情：“我也没想到这世上还真

的有‘福厄失衡之人’呀。”

“那为什么福德宫有这么多福运神，被召唤的偏偏是我？”

“这个嘛……就是缘分了。看来那个人和你最有缘分。”紫微忙不迭地撇清责任，生怕禄存怪罪自己，“你要是嫌麻烦，丢给手下去做就是了，像是那个叫什么来着？前几天你还夸她聪明能干……对，天同，你丢给她不就行了吗？赐福而已，简单得很。”

禄存听了，哼了一声：“我可不像你，有了麻烦就丢给手下。”

“手下”两个字他着重咬了咬，他身为紫微的得力手下，紫微有什么麻烦事都喜欢丢给他。

话又说回来，他才不愿意把明月丢给别人呢，自己想见她还发愁没有理由去见。

紫微讪讪地干笑几声：“别这么说嘛。我这么大老远跑一趟，还不是为了来告诫你一声，不要和人类走得太近哟。”

“为何？”

“人类的感情是很复杂的，任何情绪都能生出私心。”紫微向禄存伸出手，亮出自己的手掌，“你看，五根手指都有长有短，人心怎么可能不偏不袒？正是因为这样，人类才永远做不到一碗水端平。但你不一样，你是神明，必须毫无私心，公平公正。你要知道，你掌管的福运关乎天下人的命脉。如果你偏爱某人，深陷其中，就必然会给予她自己能给的一切。若你这样做了，就会使得福厄运场紊乱，给人世间带来灾祸。真要到了这个地步，可就不是你我二人能够弥补的了。”

禄存的嘴唇微微翕动：“我不会有私心的。”

紫微点头，收起了自己不正经的笑容："那就好。"

明月向水桶里放了一块大石头。

这种轻飘飘的木制水桶总是漂浮在水面。遇上深水还好说，摇几下就能打上水来。可若是遇上水井干涸，几近无水，就只能压上一块石头让它沉到最深处。

明月吃力地把压了石头的水桶丢进了水井，暗自祈祷能打上水来。

须弥地处荒漠，干旱少雨，缺水是常有的事。最近，须弥更是久久不见降雨，别说种粮种菜，就连喝水都成了问题。

不论是有钱人家的深井还是穷人家的浅井，统统都变成了干涸的枯洞，打不出丁点儿井水。到了这个时候，水俨然成了比金银珠宝更值钱的东西。

话虽如此，可人总不能不喝水。即使知道希望渺茫，明月还是往自家的水井里丢下了水桶，希望能打出些水来。

麻绳一圈圈地缠绕在轮轴上，木桶一点点升起。明月向木桶里张望了一眼，随即喜笑颜开。

木桶里有大半桶清冽的井水。

"娘，娘！"她提着木桶向屋里走去，"咱家的井里还有水——您怎么起来了？快回床上躺着去！这些杂活我来干就好！"

"娘觉得近来身体好多了。放心吧，娘的身体，娘自己心里有数。"虽然神色憔悴，腰背佝偻，她的精神却很足，"咱家的水井居然还能打出水？我听隔壁奶奶说，整个镇子的井都打不出水来了，咱家的水井怎么还能打出水？”

“可能是运气好吧。”明月已经开始生火了，“我先用这水给您煎药。”

“运气好……”明月的母亲想了想，“这些日子以来，咱们家过得的确是顺顺溜溜的，像是碰上了福星。”

明月偷笑：“是啊，碰上了大福星呢。”

自从禄存出现之后，她就真的转了运。娘的病逐渐好转，家里的经济也有了起色。眼下四处干涸，到处都找不出水，唯独她家的水井里还能舀出足够母女二人使用的水。

只可惜这位福运神大人平日里实在太忙了，自己难得才能见上他一面。明月这么想着，不由得叹了一口气。

她很想他。

等到服侍完娘喝下汤药，明月就端着药罐子走出屋门，准备把药渣丢掉。

才出了屋门，她就发现自家小院里站着一个人。明月连忙把手上的药罐搁置到一边，跑上前去：“禄存大人，您怎么来了？”

“我来送你一样东西。”禄存说着，从自己的袖子里拿出一个铃铛，“这个送给你。”

那个铃铛鎏刻着精妙的花纹，用一根红色的绸缎系着。禄存的手指轻轻动了动，它就发出了清脆悦耳的声音。

明月把铃铛接到手里：“这个铃铛……”

“很便宜，不贵重。”禄存的语气不容置疑，“必须收下，不许拒绝。”

明月听到他这么说，嘿嘿笑了。

她把铃铛挂在了脖子上，又拿在手里仔细端详：“真漂亮……声音也好听。”

“不仅是好听。”禄存说，“你思念我的时候，只要晃动它，我就会出现。”

“思念……”明月立马涨成了个大红脸，“我怎么敢思念神明大人呢？”

“你不思念我？”禄存的语气听起来非常失望，“那太不公平了。我那么思念你，你居然不思念我？”

听到禄存这么轻描淡写地说出他“思念”自己，明月惊讶到几乎说不出话来：“您……您思思思……思念我……您为什么会思念我？”

一个高高在上、遥不可及的神明，怎么会思念如此平凡的她？

“为什么思念……”禄存开始认真思考起来，“因为你长得好看？”

明月脸更红了：“我怎么可能长得好看！”

从出生起，她就是远近闻名的丑姑娘。倒不是因为她五官不端正，而是她皮肤黝黑，又生了满脸的雀斑，看着让人生厌。

“为什么不好看？”禄存一本正经地问她，“你们人类对于好看的定义是什么？”

“唔……”明月开始认真思索起来，“看见之后会让人不由自主地感觉到开心，看不到之后心里总会惦记……”

“那就对了。”禄存大大方方地说出了自己的真实想法，“我看到你就会不由自主地感觉到开心，看不到之后总会惦记。那你就是很好看。”

明月久久没能说出话来。

她只顾着害羞，完全没有察觉这时候的禄存已经有了本不该属于神明的情绪和情感。

禄存还在盯着她看：“你是不喜欢自己脸上的斑点吗？”

不等明月回答，禄存又说：“虽然我觉得有没有都没什么不同……不过你们人类似乎更喜欢白白净净的脸。这倒也不难。”

禄存说着，向前走了一步，离明月只有咫尺之遥。

“我要对你赐福。”他轻声问，“你愿意接受吗？”

明月一愣，点了点头。这样的好事自然是要同意的，他何必多此一举问这么一句？

“既然你愿意——”

禄存突然揽住了她的腰身，低头吻了下去。

明月没料到他会这样，两只眼睛睁得大大的，目不转睛地盯着禄存。

不知过了多久，禄存停了下来。他盯着她左看右看，像是在查验成果：“这样就行了。”

明月一愣，随即跑到水桶旁边，借着井水照了照自己的脸。

那些惹人生厌的雀斑全部消失了，皮肤也从黢黑变成了白皙。再加上她原本就生得端正的五官，如今的明月已经成了一个标准的美女。

她用双手拍着自己的脸，不敢置信，自言自语着：“这是法术吗？”

禄存踱步到她身后：“不是法术，这是福运。还满意吗？”

喜欢一个人，就会忍不住想给她自己拥有的一切。而他能给她的，就是福运。明月已经拥有了常人无法比拟的大量福运。

现在的明月，是这个世界上最幸运的人。

“我……”明月的嗓音都发颤了，“我不知道该怎么谢您……”

“你要谢我？”禄存反问，“这么说，我可以向你提要求了？”

明月点头。

“那你陪我一天吧。”

禄存从袖子里摸出一只纸鹤，将它扔到空中。那只纸鹤忽然变大，大到足以承载两个人。

“上来吧。”禄存向她伸出手，“我对这一天已经期待很久了。”

“睁开眼，不用怕。”

听到禄存这么说，明月才敢把眼睛张开一条缝，看了看眼前的景色。

人世间所有的景色尽收眼底。

还没等明月细看，前面突然出现了一只飞鸟。纸鹤一个侧闪，轻巧地躲了过去。

突如其来的颠簸让明月惊呼一声，闭紧眼睛钻到了禄存的怀里。

等到纸鹤恢复了平稳飞行，明月又鼓起勇气，睁开眼睛。纸鹤又是一个颠簸，把明月吓得缩了回去。

如此往复几次，明月察觉到端倪了。

禄存在偷笑。

除了刚开始的那只鸟，天空中根本没有别的障碍物。他根本是为了让明月往自己怀里钻而故意让纸鹤颠簸个不停。

明月拿他没辙：“您一个神明，怎么能这么坏心眼？”

禄存回答得坦然：“我只是想让你离我近一点。”

只要能让她靠近自己多一点，耍些小手段也无妨。

私心真的是很可怕的东西。换作以前，他根本不会动这样的小心思。可是现在，他却觉得自己可以为了明月做更过分的事情。

纸鹤逐渐下沉，贴近了地面。明月逐渐看清了地上的景象。

大地四处龟裂，已经许久没有得到雨水的滋润了。原本肥沃的粮田全都变成了焦土，上面的庄稼也变成了一棵棵的枯草。

水一旦不够用，就会引来饥荒和瘟疫。明月看到地上有很多人拄着拐杖、带着家人向前方走去。他们是在逃荒，想从没有水的地方逃到有水的地方。

可是整个须弥都陷入了缺水的窘境，他们根本无处可逃。

一个老人的身影开始变得摇摇晃晃，“扑通”一声摔倒在了地上。旁边的人连忙去搀扶他，在试探了他的鼻息和脉搏之后，开始号啕大哭。

又一个人死在了逃荒的路上。

明月在纸鹤上看着这一切，眼里浸满了泪水。她转过头来望着禄存：“神明大人，你能帮帮他们吗？”

“福厄自有定数。他们和你不一样，身上的福厄运场并未紊乱，所以他们命该如此，我无权干涉。”

禄存的语气恢复了往日的清冷。只有事关明月的时候，他才会有情绪波动。

明月继续恳求他：“可是你能帮他们，对不对？”

禄存看了看她。

“你那么厉害，无所不能，你一定能帮他们，对不对？”明月拽着他的胳膊，“身为神明，不就是应该为人的幸福着想吗？”

她的表情是那样的悲痛和急切，让禄存不得不屈服：“你想让我怎么帮他们？”

明月见他终于松了口，不由得欣喜：“只需要一场雨！只要天上下了雨，庄稼就能重新活过来，人也不会被渴死。”

禄存听罢，长袖一挥，空中突然乌云密布。

没过多久，突然下起了倾盆大雨。雨水落到了龟裂的土地上，很快就将干枯的焦土冲刷成一片泥泞。

虽然天上下起了雨，可地上的人纷纷从屋子里跑出来，手里还拿着木盆、水桶，争先恐后地去接天上滴落的宝贵甘霖。

“老天开眼了，神明开眼了，须弥有救了！”

喜悦的惊呼一声高过一声，人们在庆祝浩劫的结束。

禄存和明月乘坐的纸鹤还飘浮在半空，雨水接近它的时候却自动躲闪开了。纸鹤仍然光洁平整如初，没有被打湿半点。

明月趴在纸鹤的边缘，望着欢欣鼓舞的人群，不由得傻笑起来。

“我就说你无所不能，毕竟你是神嘛！”

她的话音刚落，空中突然闪过一道惊雷，直直地向纸鹤劈来。禄存眼疾手快，一个覆手，那道闪电就被截断在半空。

一切都来得太快，快到根本让人来不及反应，明月不由得愣住了。这个时候，迟到的雷鸣声才在耳边响起。

“轰隆——”

雷鸣声中仿佛带着怒气。

明月呆呆地扭头望向禄存：“这是……怎么回事？”

“紫微召我回去。”禄存的声音仍旧淡然，“看来是我私自降雨赐福惹怒了他。”

“紫微是谁？”

“众神之主，神界统领，整个神界最为尊贵的存在。”

明月听后不由得紧张起来：“你会被罚吗？”

“要罚便罚，我不畏他。”

“可是——”

“不用担心。”禄存的声音里没有丝毫的惊慌，“最多是被禁足几日罢了。”

听到禄存这么说，明月才放下心来：“会被禁足多久？”

“谁知道呢。紫微脾气古怪，阴晴不定。不过你放心，不会太久。少则数日，多则数年。等到禁足一结束，我就回来找你。”

禄存说着，指了指明月脖子上的铃铛。

“下次见面，你就可以用它来召唤我了。”

明月点点头：“我等你回来。”

禄存又说：“我不在的时候，你不能移情别恋，钟情他人。”

明月笑了：“怎么会呢？”

禄存撇嘴：“要分别这么久的时间，万一下次再见面的时候你已经不爱我了呢？”

明月却说："可是爱不仅仅是从两个人在一起的时间里诞生的，更多的时候，它会在无法见面的时光里萌芽，不是吗？"

每当见不到你，每当想念起你，我总会更加爱你。

她抬起手来，捏了捏禄存的鼻子。

"放心吧。"她笑容灿烂，"我不会输给见不到你的时光。"

禄存一踏入命宫的大门，就看到紫微端坐在自己的神座上。

紫微冷冰冰地开口，语气不容人质疑："跪下。"

禄存撩起长袍，跪了下去。

"禄存，你可知罪？"

"知罪。"

"那你说说看，你犯了什么罪？"

"其一，不该私自将过量的福运赐予明月；其二，不该私自将福泽布施于须弥。"

紫微听到这里，忽然阴森地笑了起来："你这不是知道得很清楚嘛，那你还明知故犯？"

禄存面无惧色："她想要的，我就要给她。"

紫微站起身来，缓缓走下神座。

"你的心已经不再澄净。禄存，我在你的身上看出了原本不属于神明的感情。"

他站到了禄存的跟前，挑起禄存的下巴。

"我之前就提醒过你，任何情绪都能生出私心，这会让你再也无法做到公正。禄存，我很失望，原本在这整个神界，我最欣赏、最看好的就是你。”

禄存仍旧淡然地看着紫微：“做事之前我就想过后果。禄存甘愿领罚。”

“很好，敢作敢当。按照规矩，罚你在福德宫禁足一年，不得外出。”

禄存颔首，以示领罚。

“头虽然低下去了，心却还是很孤高，看来你并没有认识到自己犯的错有多严重。人也好，国也罢，一生的福厄都是守恒的。承了多少福泽，日后就要付出多少代价。所以我说，你掌管的福运关乎天下人的命脉。你以为你帮了她，帮了须弥，可你有没有想过，这会铸成什么样的大错。神明的爱，不是区区凡人可以承受的。”

紫微叹气。

“你和人类厮混在一起，学会了他们的情绪和情感。可你现在至多只学到一些皮毛，只懂得喜欢和欢欣。若是这样倒也罢了，怕就怕，日后你再懂得了什么叫愤怒、痛苦、绝望和憎恨——这才是最可怕、最致命的东西。”

一语成谶。

须弥的大雨连下了数日，原本的旱灾一下子变成了洪涝，冲毁了田地。

官府不得已开挖沟渠，解涝排水。好不容易将水全都排出去了，须弥又迎来了比之前更漫长的干旱。

烈日灼灼地照耀着须弥，这一照就长达数月之久。

地处荒漠的须弥经常会遭遇干旱，但这一次比以往任何一次都要漫长和恐怖。

紫微说得没错，人也好，国也罢，一生的福厄都是守恒的。承了多少福泽，日后就要付出多少代价。

须弥的“代价”已经到来了。它承接了一次原本不该它承接的甘霖，就要忍受更加残酷的灾难。

朝堂之上，新登基的天子日轮正焦虑地看着须弥各地递来的呈报，里面写的无一不是受灾严重，请求拨粮救灾。

粮库早就已经消耗殆尽，这可怕的旱灾却不知道什么时候才能到头。

“钦天监星河请求参本。”

正紧皱着眉头的日轮抬起头来：“爱卿但说无妨。”

一人走出百官队列，来到日轮面前：“卑职星河见过天子。”

“爱卿无须多礼。”日轮连忙让他起身。

日轮年纪虽轻，却有一颗广纳谏言的心：“爱卿可是对这旱灾有什么见解？”

“卑职夜观天象，发现我须弥福厄运场紊乱，想必这就是我须弥遭受旱涝灾难的原因。”

星河是钦天监的一名占星官，专司占卜星象，驱厄祈福。

虽然才华横溢，有着一身的本事，是钦天监里的第一高人，可星河因为性格木讷，不善言辞，这些年来一直没有加官晋爵。

他已经被埋没了许久。也许这次，就是他转运的好时机。

那位福运神帮了他那么多，他可不想辜负她的一番苦心。

听到星河这么说，日轮连忙起身：“爱卿有何高见？”

星河说：“在我须弥南郡安宁镇，有一名为明月的女子。据星象显示，她便是此次异变的根源。天子可以派人去查验，看安宁镇是否真有此女。”

“明月……”日轮念叨了一下这个名字，连忙下令，“快，快按照他说的去查验，看看安宁镇是不是真的有这个女人！”

没过几日，派出去的侍卫回来了。

“回禀天子，安宁镇上果然有一个叫明月的女子。”

明月被推搡着带了上来。

“这个女子果然非比寻常。此女之前奇丑无比，可在一夜之间，她突然变得美貌动人，就像用了巫术。”

明月战战兢兢，两腿已经发软。

“不仅如此，现在全国大旱，没有一口井能打出水来。唯独她家的水井，每天不多不少，刚好能打出大半桶，足够她和母亲两人使用，实在蹊跷。”

侍卫继续汇报：“据安宁镇上的人说，原本她运气奇差，可是忽然之间，她的运气就变好了。现在镇子上的人都躲着她，叫她‘妖女’。”

日轮死死地盯着明月，问站在自己身边的星河：“爱卿有何高见？”

星河向他行了一礼：“我须弥百姓受苦如此，都是拜她所赐。”

“那依爱卿看，朕应当如何处置她？”

“忽然转运，实属不祥。依卑职看，也许她真的是妖孽，吸他人福运，供自己作祟。”星河说，“驱除邪祟，只有一法——烧。”

禄存在自己记忆里看到的最后景象是一片火海。

然后，记忆轰然塌陷，只剩下情绪决堤，痛苦和绝望在瞬间淹没了他。

为什么是这个结局……为什么是这个结局……

为什么他爱过的那个明月，最终会因为自己赐予的福运而死？

他原本是想让她幸福快乐的啊。

时光被拉远、揉碎，记忆也越来越模糊。直到最后，他也没能看清明月的脸。

可那种感觉是刻骨铭心的。禄存清楚地记了起来，在他活过的千百年里，目光只流连于一人。

明月，明月。

原来他曾经这样刻骨铭心地爱过一个人。

“看来你想起来了。五百年前，你自视甚高，只觉得在这世间无事不可行，最终落了个得意又失意、得卿又失卿的下场。”紫微叹了口气，“滋味如何？”

禄存大口喘息着，像一条缺氧的鱼。他已经被情绪淹没得不知所措了。

“说教的话我就不再多说了，你的性子我知道，说多了你反而不乐意听。”紫微走上前来，拍了拍他的肩膀，“过去的已经过去了，现在一切归零。接下来如何抉择，还是要看你自己。”

紫微说完，看了看禄存的身后：“看来有人要找你。那我就不打扰了，你好自为之，告辞。”

话音一落，紫微便消失不见了。

身后果然传来气喘吁吁的跑步声：“禄存，禄存！”

是李沐恩的声音。

禄存有些呆呆地转过身来，看着眼前的李沐恩。

李沐恩上气不接下气地跑了过来：“呼……你怎么跑得比兔子还快，你知不知道我追了你多久。你刚刚是不是跟别人说话来着，我刚刚看见一个人，本来站在你面前，突然就消失不见了……你哭了吗？”

禄存定定地望着她。他的眼眶泛红，泪水从眼角滑落下来。

“怎么回事……”李沐恩有些不知所措，“刚刚发生了什么吗？”

禄存开口，嗓音沙哑而干涩：“我刚刚找回了记忆。”

李沐恩一愣：“你全部都想起来了？”

“只有一部分。”禄存说，“但我想起了一件很重要的事情。”

李沐恩问：“什么事情？”

干涩的声音从他的喉咙里被艰难地挤了出来：“神明的爱，不是区区凡人可以承受的。”

李沐恩听了之后反而觉得更糊涂了：“什么意思？”

禄存抬起手来，刚要触碰到李沐恩，却又把手放了下去。

意思就是，他又犯了和五百年前同样的错误。

神明就不应该爱上人。一旦爱上，就免不了会有不该出现的偏爱和偏袒，赐予那个人额外的东西。可这些东西并非福泽，而是灾祸。

紫微说得没错，神明的爱，不是区区凡人可以承受的。

可是他想起来得太晚了。现在的他已经爱上了李沐恩。

明月只是他脑海中一个模糊的影子，眼前站着的李沐恩才是让他痛苦万分的真正缘由。

想要触碰她，却又不能触碰她。

人类实在太脆弱了，就如同水面上的泡影，一旦触及，就会消失无踪。到头来，什么都不剩。

李沐恩还在望着他，不知道发生了什么事情。

禄存狠下心来，不再去看她，转身离去。

"我们这几天还是不要见面比较好。"

李沐恩更加奇怪："为什么？"

"不为什么。"

原来五百年来，他不过是年华虚度，空有一身疲倦。

李沐恩留在原地，一头雾水："好好的，这是怎么了……"

喃喃自语的时候，她突然想起刚刚瞥见的那个人影——那个长头发的身影，自己好像在哪里见过。

在哪里见过呢……

李沐恩下意识地摸了摸自己脖子上的铃铛。不知道为什么，自从上次非洲之行后，每当她心烦意乱的时候，只要摸一摸这个铃铛，总能莫名地感到心安。

指尖一触碰到铃铛，李沐恩突然想起自己在哪里见过刚刚的那个人了。

在日本，有明海附近的古董市场里，那个古怪的古董店老板。就是他把这个铃铛送到了自己的手上。

仿佛冥冥之中，这一切早已被人预先安排。

第五章

召唤神明不是偶然

第二天早上，李沐恩照旧回到杂志社上班。

她在走廊上遇到了两个女同事，于是微笑着和她们打招呼：“早上好啊。”

原本窃窃私语着的两个女同事看见李沐恩后吓了一跳，像做坏事刚好被抓住了一样。

随后，她们挤出僵硬的微笑：“沐恩早上好呀。”

真是奇怪。

李沐恩一边在心里嘀咕着，一边来到了自己的办公室，在工位上坐下。不知道是不是自己想多了，她总觉得周围的人都在偷偷瞥她。

周围异样的眼光让李沐恩浑身不自在。她打开电脑，像往常一样，先登录了杂志社的内部邮箱。

一封红色的未读邮件出现在了她的眼前：“爆料！摄影部李沐恩生活作风不正，被富豪包养！”

李沐恩一愣，随即打开了这封邮件。

里面声情并茂地详述了李沐恩被包养的经历。

当然，内容全都是杜撰的。

可邮件里面不仅有文字，还附上了大量的照片做证据，这就让人不得不信服了。

照片居然是她和禄存的合影。

画面模糊，全是虚影，明显是偷拍的。第一张就是拍卖会的那天，禄存在会馆入口处揽住她的画面。

后面还有许多张这样的照片，无一不是她和禄存或亲密或暧昧的时刻。最后一张照片的拍摄日期竟然是昨天晚上，在一片昏暗之中，禄存伸出了手，正要去触碰李沐恩的脸颊。

不得不说，虽然张张照片都很模糊，但的确都是真的。

李沐恩深吸一口气，又去看邮件信息。

发件人是匿名，而收件人则是杂志社所有的同事。

怪不得早上自己会被怪异的目光盯得发毛。

这时，她的工作桌被人轻叩了两下："沐恩，主管有请。"

李沐恩抬头，看见小胡正站在自己的眼前。

小胡向来跟自己不对付，可今天他明显心情大好，甚至还对自己笑了笑。李沐恩站起身来："我知道了。"

一走进主管室，主管就指了指对面的椅子："请坐。"

李沐恩坐了下来。

"那个……"主管斟酌了一下自己的语言，似乎觉得难以启齿，"今天早上，有人给全社发了一封匿名邮件……"

李沐恩大大方方地点了点头："我知道。我看见了。"

身正不怕影子斜，她又没真的被包养，还用得着遮遮掩掩？

“咳咳……”主管尴尬地咳嗽了两声，“是这样的，本来呢，我们也不想对员工的私生活干涉太多，可既然事情已经发酵成这样了，我们也不能坐视不管，毕竟这件事的影响比较恶劣。万幸的是，这件事还没有传到外界去。禄存先生本身就是个关注度很高的人物，消息一旦传出去，肯定……”

李沐恩打断他，语气坚决：“我没有被包养。”

“这个我当然知道，别人不相信你的人品，我肯定是相信的嘛。再说了，就算你和禄存先生真有些什么……你这个年纪，他那个岁数，青年男女有了好感，谈谈恋爱也很正常嘛！哈哈哈！”主管连忙干笑了两声，“只是现在社里传得风言风语，他们都说……”

见主管欲言又止，李沐恩问：“他们都说什么？”

主管在自己的座位上扭捏了几下，好像坐垫上有钉子：“那个，沐恩啊，我呢，作为你的前辈，给你提一个小小的建议——以后来上班呢，咱们可以稍微穿得朴素一点……当然啦，避过这阵风头咱们还是该怎么样就怎么样。现在不是情况特殊嘛。我这也是为你好。”

李沐恩一听就明白了是怎么一回事。

从出生以来，李沐恩就没尝到过缺钱的滋味。原本她的薪水就不低，父亲更是每月都会往她的卡上打数目不小的生活费——毕竟女儿不常回家，身上多带点钱日子才会过得轻松些。而且李沐恩继承了母亲不错的审美眼光，所以一直以来，她都把自己打扮得光鲜亮丽，穿价格不菲的衣服，背最新款式的包包，开着一般年轻人开不起的车子。

这么一想，她还真像是被人包养的情妇……

人言可畏，李沐恩决定还是先听主管的，避过这阵风头再说。

整整一天，李沐恩都是在周围同事的窃窃私语中度过的。

只要她一低头，就能用余光瞥见有人正对着她指指点点，就连去泡杯咖啡，都能听到一群人正围在一起小声议论：

“李沐恩的事是真的假的啊？”

“听说她被主管叫去谈话了。既然都谈话了，总不见得是空穴来风吧？”

“影响这么恶劣，她会不会被开除啊？”

“就算不被开除，她也没脸再留在杂志社了吧？”

“我看未必。哪怕人品不好，可她业务能力还不错啊，以前拍出过那么多好照片。”

“什么业务能力还不错，那是她业务能力强吗？那都是她运气好！”

“照现在这个样子看哪，她也不一定是运气好。毕竟人家背后靠着那么有钱的一个金主呢。”

接着就是一连串恶意的哄笑。

李沐恩翻了个白眼，又端着空杯子回去了。

昨晚禄存那么反常，她就已经很心烦了，没想到今天又遇到了这种事。

真不知道这是得罪了谁。

回到家里，李沐恩开始翻衣柜，准备明天穿得朴素一点去上班。

一直把衣柜翻了个底朝天，她也没找到一件看起来朴素的衣服。

李沐恩索性去敲李桑的房门：“你有没有那种破破烂烂的衣服？我能穿的那种。”

李桑虽然纳闷，但还是去自己的衣柜里翻了半天，翻出了一件很旧很土的T恤。

好像是某次执行考古任务的时候发的工作服。因为尺码太小，身材高大的李桑穿不进去，这件衣服就一直被他搁置在了角落。

李沐恩接过来，展开看了看，似乎很满意：“那你还有没有配套的包包？”

包倒是不缺。李桑有很多装考古工具的帆布包——整天在土里爬来滚去的，还是这种耐磨、好清洗的帆布包比较实用。

李沐恩换好了那件旧T恤，又在李桑的那一堆库存里挑了个已经被洗到发白的包，背在了自己身上。

李桑还是觉得奇怪：“姐，你这是干什么？”

李沐恩在他面前转了个圈：“你看我现在像什么人？”

李桑挠了挠头：“捡垃圾的？”

“你是骂我呢还是骂你自己呢？”李沐恩搡他一把，“我这副打扮，是朴素的劳动妇女，靠自己辛勤的双手撑起半边天、群众认可度最高的那种。”

穿成这样总没有人再误会她是被人包养的了吧？

李桑又说：“姐，你怎么骂自己呢？”

“我什么时候骂自己了？”

“你干吗没事说自己是妇女？”

“‘妇女’怎么就是骂人了？”李沐恩开始教育自己的弟弟，“‘妇女’本身并不是什么侮辱性的称呼，因为女性并不会因为婚育和年龄增长而贬值。它比‘女神’‘女王’这种称呼荣耀多了。我为什么要逃避‘妇女’这个词？我不会对自己女性的身份进行自我歧视。”

李桑想了想：“你说的也对。”

做戏就要做全套。第二天一早，李沐恩故意把自己的车留在了家里，坐地铁去上班。

果不其然，李沐恩一出现在杂志社就引发了小小的骚动。可骚动之后就是一片寂静，人员混杂的办公室居然没人说话。

世界终于安静了。

李沐恩心情大好。她懒洋洋地伸了个懒腰，活动了一下筋骨，然后又拿起自己的马克杯准备去泡咖啡。

结果又遇到了昨天那群嚼舌根的同事。

“你们看见李沐恩了吗？”

“看见了！她穿得那么扎眼，谁看不到？”

“哎哎哎，你们说，李沐恩是不是根本没被人包养啊，哪个情妇会穿成这样？”

“我看未必。要我看啊，她这是让金主玩腻了，被抛弃了呗。”

好嘛，现在大家不光觉得她是情妇，还是个混得很惨的情妇。

李沐恩清了清嗓子，那几个正八卦的同事看到她后立马露出了尴尬的神色："沐恩，你也过来啦……"

"你们刚刚在聊什么？"李沐恩笑眯眯地望着她们，"好像聊得很开心的样子。"

一群人连忙否认："没有，没有，没有。"

"最近社里有很多奇奇怪怪的传闻，我也听说了。不过作为当事人，我想澄清两点。第一，我没有被包养；第二——"李沐恩收起微笑，露出咬牙切齿的表情，"我也没有被抛弃！"

她都不知道自己究竟是被哪根导火索引爆的。

被误解当然让人窝火，可更让人窝火的是禄存。

那天晚上一定是发生了什么，可他什么都不说，只告诉她："我们这几天还是不要见面比较好。不为什么。"

她在他心里就真的那么不靠谱，什么都不配知道吗？

还是说，她在他的心目中真的就无足轻重，连替他分忧解难的资格都没有？

想到这些，她还真有种被抛弃的感觉。这简直令她火大。

咖啡仍旧没有泡成。李沐恩刚恼火地坐回到座位上，主管又跑来叫她："沐恩！"

李沐恩立刻站起身来："在。"

"你今天怎么穿成这样……算了。你现在有空吗？小胡要出一个比较急的外派任务，但是摄影部大部分人手头都有工作。你有空吗？如果有空就收拾一下跟小胡一起去，给他打个下手。"

一听有新的工作任务，李沐恩立刻满口答应："有空！"

她和小胡同期入社，但因为她工作出色，一直都是小胡给她打下手。现在情况颠倒，要是换成别人，心里多少都会有些不舒服。

幸好李沐恩并不在意这些。眼下她正处于事业的低谷期，她只想抓住每一个机会，重新证明自己的能力。

相较之下，小胡就有点小人得志的意思了。他得意扬扬地看着李沐恩，把沉重的摄影设备递给了她："那这次就辛苦你了。"

摄像机、三脚架，再加上打光设备，这些大大小小的背包可不轻。小胡把这些一股脑地扔给了李沐恩，李沐恩只好把包包挂满了全身。

"走。"小胡故意走得大步流星，摆明了是要给挪不动步的李沐恩难堪，"我已经和人家约好了，你可别害得咱们迟到。"

李沐恩吃力地跟上他："咱们这是要去哪里？"

"这个地方可是我联系了好久，人家才同意接受采访的。"小胡爱邀功、爱炫耀的毛病又犯了，"星河观，知不知道？那可是最出名的星观。"

李沐恩和小胡一下车，就看到陈思达已经恭候在门口了。

小胡露出微笑，热情地向陈思达伸出手："您好，我是之前联系过贵观的胡……"

可陈思达一看到李沐恩，立刻就自动忽略了站在自己眼前的小胡："李小姐！你怎么也来了？我可想死你了。背包给我吧，我帮你背。"

李沐恩和他也算是熟识了："杂志社派我来采访。这些包里装的都是摄影装备，还是我来吧。"

小胡看了看对李沐恩献殷勤的陈思达，眼神里透出一丝阴鸷。

李沐恩，李沐恩，又是眼里只有李沐恩，无论他走到哪里，只要身边有李沐恩，他就一定成不了焦点。

凭什么？李沐恩只不过是运气好而已，论勤奋，论资历，他哪点比不上李沐恩？

他嫉妒得发狂。

和李沐恩热情寒暄过后，陈思达才注意到了身后的小胡："你好，胡先生对吧？在下星河观少主陈思达。今天将由我带你和李小姐参观寒观。"

他把两人请入观内："请随我来。"

李沐恩抱着大大小小的摄像机跨过门槛。

"星河观历史悠久，到现在已经有五百年的历史了。"提起星河观的历史，陈思达如数家珍，"传说在五百年前有一个法力深厚的占星师星河，擅长卜卦画符，能知过去未来。他不光有着一身的才华，还有着远大的抱负，希望凭借自己这身本事惠及天下苍生。所以星河入朝为官，在钦天监谋得一个职位，做了一个占星官。"

钦天监，是古代掌管观察天象、推算节气、制定历法的官署机构。在有些朝代，它更是承担了卜算国运、祈福驱厄的职能。

"在进入朝廷的前几年，星河一直官运不顺，郁郁不得志。但时来运转，几年之后，星河忽然受到当朝天子的赏识，从此平步青云，官高至极。自此之后，星河名声大噪，成了妇孺皆知的大占星官。在钦天监，如果他要认第二，没有人敢认第一。"

陈思达说到这里，清了清嗓子，语气里满是骄傲。

“我星河观正是由当年大名鼎鼎的大占星师星河所建。而且鄙人不才，是星河嫡传弟子的后代。祖师爷星河一生未娶，也无子嗣。到了晚年，他便收了一位关门弟子，将自己的毕生所学全部传授与他。而这位关门弟子便是鄙人的先祖。”

这位声名显赫的祖师爷一直是陈思达引以为傲的资本。哪怕星河占卜施咒的本事他半成都没继承到，只有个三脚猫的功夫，但只要顶着星河嫡传弟子子孙的名头，他就是无人敢质疑的星河观少主。

其实陈家一脉，辈辈都天资聪颖、法力高强，唯独陈思达是个彻头彻尾的废柴。

“这星河观的一砖一石、一草一木都是祖师爷星河留下的。五百年过去了，这里一直保持着原貌——这也是祖师爷定下的规矩。祖师爷临终的时候曾交代后人，观里的一切都不能擅自改动。”陈思达虽然玩世不恭，对星河观却非常有感情，他指了指院落里的一棵杏树，“看见那棵杏树了吗？杏树寿命短，一般只能活几十年。现在你们看到的这棵杏树，是当年那棵杏树的第十二代子孙——生生死死，春秋轮回，它还站在这里。”

陈思达推开了房门。

这个房间李沐恩来过，就是在这里，陈思达错画出了召唤阵，召出了福运神天同。

“这里是藏书阁，里面摆着的全部是祖师爷星河的手稿。祖师爷一生都在钻研观星占卜、画符施咒，他把自己的毕生所得都整理成了书籍，存放在这里。”

桌子上恰好有一本被翻开的书。小胡走上前去，轻轻翻了翻书页，发现里面画着许多复杂的图案。

陈思达解释道：“这些是祖师爷发明的阵法，能够驱鬼降妖，召唤神明。”

小胡将信将疑：“真的假的啊？”

“当然是真的。”李沐恩腹诽，“就是这些奇奇怪怪的阵法召唤出了福运神天同，害得我一直倒霉到了现在。”

一直忙碌到了中午，李沐恩才有空闲喘口气。陈思达招待他们在星观吃午饭，又请他们喝清茶。

小胡是个坐不住的性子。陈思达的茶才泡好，他就已经跑到外面去找星观里值得报道的地方了。

屋里只剩下李沐恩和陈思达两个人。

李沐恩低声道：“其实我有件事想麻烦你。”

陈思达答应得很痛快：“李小姐不用客气。你的事，只要我能帮上忙，就一定会帮。”

“那个……”李沐恩顿了顿，有点欲言又止的意思，“你们星观，有没有帮人求姻缘的业务？”

“求姻缘？当然有，而且本观的红鸾符可是很灵的。”

李沐恩又问：“红鸾符是什么？”

“所谓‘红鸾’，就是司管人间姻缘的星象。红鸾符呢，就是用来祈求良缘的符咒。这可是我祖师爷星河留下的姻缘符，只要在白纸上画上此符，再装入锦囊，贴身保管，保准能获得天赐良缘。”

“那……这个东西灵验吗？”

“当然灵验。很多人都在我们这里求过符。”

李沐恩双手合十，做出祈求的姿态：“那你能给我也画一个吗？”

陈思达犹豫了一下：“这……”

红鸾符很灵验是不假，可他画出来的就不一定了。

他的法力和修为一直是观里的吊车尾，画个符能不出错就已经谢天谢地了。

可陈思达是个爱面子的。看着李沐恩满脸的期待，他总不能说自己不行，推辞的话被他硬生生咽回了肚子里。

“这当然没问题。”陈思达拿来符纸，又备好笔墨，深吸一口气后，在纸上落了笔。

李沐恩在一边看着：“我发现你们家的符都长得差不多哎。”

陈思达聚精会神地画着：“胡说，不一样的符怎么可能长得差不多？”

李沐恩说：“可我看你画的这个和上次画的那个召唤阵没什么区别啊。”

她的记忆力一向不错，虽然不能说是过目不忘，可之前见过的东西，她都能留有一个差不离的印象。

话音刚落，那个圆形的阵法忽然发出光来，一个身影出现在了光束中。

天同似乎早就料到了罪魁祸首是谁。她眉头紧蹙，一脸怒气，对着陈思达怒目而视："又是你！"

"天仙姐姐，我们又见面了，哈哈哈……"陈思达讪笑，"看来是阵法又出了点小差错……"

"我不是告诉过你吗？你很讨厌，不要再召唤我！不会画符就别画！这是第几次把我召唤出来了？"

"也就是第二十五次……"看到天同的表情，陈思达十分心虚，"可是天仙姐姐，我是开星观的，吃的就是这碗饭，总不能永远不画符……"

"所以你就每次都能画错？还每次都能在无意中画成召唤我的召唤阵？"

大概是紫微那个什么"一旦召唤，就是一生纠缠"的倒霉规矩在作祟，原本天同就急切地想摆脱陈思达这个麻烦，结果偏偏这货的画符技术是三流中的三流，自从上次错画出一次召唤阵之后，不论他画什么符都能错画成召唤阵，把她给召唤出来。

可是天地良心，陈思达他还真是无心的："天仙姐姐，你消消气。我怎么可能是故意的？我星河观珍藏的书籍里根本就没有关于召唤阵的记录！我也根本不知道召唤阵长成什么样，给我笔让我画我还不一定能画出来呢！所以一定是特别的缘分，才让我们——"

"不许叫我天仙姐姐！"

陈思达只好乖乖闭了嘴。

天同转头看向李沐恩："你也在这里？"

李沐恩发觉，和第一次看见天同一样，虽然她能清晰地听到天同说的每一个字，可天同的嘴巴始终是紧闭的。

就仿佛她从来没有真正地开口说过话。

看见天同这么死死地盯着自己，李沐恩不由得往后退了退。

哪怕知道神明是不能杀人的，可上次发生的不愉快还是让她心有余悸。

天同好像看出了李沐恩的心思："放心吧，这次我是不会动你的。既然禄存一心要护你，我就不会自讨苦吃，和他作对。"

李沐恩揣摩了一下她的话："你怕他？"

"不是怕，是顾及往日的情分。"天同面无表情地看着李沐恩，"往日师徒的情分。"

李沐恩更糊涂了："师徒情分？你是禄存的师父？"

她的话音刚落，小胡就大摇大摆地回来了："陈少主！"

李沐恩和陈思达对视了一眼，又很默契地同时看了一眼天同。

刚才小胡就站在院子里，屋门一直无人进出，就这么凭空出现一个人肯定要引起他的怀疑。

而且天同的衣着打扮皆是古代的样式，一看就不是普通人。

他刚刚还在观里四处找值得爆料的点呢，要是天同被他看见，绝对出事不可。

"我去引开他。我没回来之前，不要开门。"

陈思达快步走出屋子，把屋门关上了。

李沐恩能听到外面的对话。

"李沐恩呢？"这是小胡的声音。

"她……说是有点累，正在睡午觉。我们就别打扰她了，去别的屋子谈。”

“搞什么？睡午觉？工作的时候睡什么午觉？我去叫她起来。”

“别别别！”陈思达把他拉走了，“对了，我带你去个好地方……”

声音慢慢变远了，趴在门缝向外偷听的李沐恩这才松了口气。

她一回头，看见天同还站在她的身后，正直勾勾地盯着她。

李沐恩冷不丁地又被吓了一跳，连忙用手拍了拍胸口。

“那个……”李沐恩指了指不远处的桌椅，“要不然您先坐下，我给您倒杯茶？”

天同竟然点了点头，随即坐了下来。

李沐恩战战兢兢地倒好了茶，站在一边。

“在我面前不必拘谨。”天同指了指自己旁边的椅子，“坐。”

李沐恩又战战兢兢地坐了下来。

又是一阵沉默。

李沐恩实在闷得发慌，开始没话找话：“您刚才说……您是禄存以前的师父？”

“恰恰相反，他是我的恩师。”

“他是你的恩师？”李沐恩一愣，“开什么玩笑？他能教你什么？”

一个是低阶的厄运神，废柴到苏醒至今还没完成一次任务；另一个是福德宫的主人，众多福运神的统领。两个人的身份尊卑一看便知，怎么看都是禄存想抱天同大腿都抱不上。可现在天同却说，禄存曾经是她的师父。

“他教会了我很重要的东西。直到今日，我还记得他的教诲。”

李沐恩觉得好笑："就禄存这个样，他还会教诲……"

看见天同又开始死死地盯着自己，李沐恩只能改口："他教诲您什么了？"

天同淡然开口："他告诉我，温柔和怜悯是这个世上最没用的东西。"

李沐恩听到这么"中二"的言论又忍不住笑了："那他还真擅长误人子弟。"

"你觉得好笑吗？"天同说，"一开始我和你一样，对这句话一个字都不信。可是后来，我发现我错了——你知道我为什么这么急于摆脱陈思达吗？"

李沐恩摇了摇头。

"因为我讨厌他。"

天同的脸上浮现出厌恶的神情。

"星河观，召唤阵，陈思达……这些东西都会让我想起那个人，和陈思达有着相同长相的那个人。"

李沐恩愣了愣："谁？"

天同的眼中燃起了愤恨，口中吐出两个字："星河。"

第六章

请福运神大人赐福于我

神明是没有情绪和情感的。他们的冷漠无情是公平公正的基石，维持着人间的正常运转。

但凡事都有例外。

福德宫出现了一个天生就拥有感情的福运神。

这么大的事情自然会惊动福德宫主人。禄存听到这个消息后眉头皱了皱："带路，我去看看。"

禄存来到了一个小女孩的身后。小女孩的脸上挂着天真烂漫的笑容，和其他面无表情的神明格格不入。

看到禄存来到了自己的跟前，她慌慌张张地行了个礼："拜见禄存大人。"

"起来吧，在我面前无须多礼。"禄存问，"你叫什么？"

小女孩老实地回答："天同。"

"天同。"禄存叫了她的名字，"你在干什么？"

天同向他做了个噤声的手势："嘘……有鸟宝宝要出生啦。"

顺着她的目光向下望去，禄存看到了一窝鸟蛋。

那是食腐鹰的蛋。这种鸟长相凶恶，以腐肉为食，而且出了名的不负责任——它们生下蛋后，就会在窝里扔下一块肉，从此之后不管不问，任孵出的雏鸟自生自灭。

眼下已经有雏鸟破壳而出，探出脑袋了。雏鸟和它们的双亲一样，一双眼睛里带着阴鸷，神情阴森。

可在不谙世事的天同眼里，它们只是一群才出生的可爱幼鸟。

“你看，又出来一只——哎？这么多蛋，怎么才孵出两只？”

禄存回答：“因为它们命该如此。”

食腐鹰虽然一次能产不少蛋，但成功孵化出来的并不多。

“孵不出来的话不就死了吗？多可怜啊。”天同露出怜悯的神色，“我得帮帮它们。”

她挥了挥衣袖，洒下一片柔光。

那是足够让鸟蛋成功孵化的福运。

禄存只在一旁冷漠地看着，一言不发。

有了福光拂照，其他原本孵化不出的鸟蛋纷纷有了动静，在蛋壳上啄出一道道裂痕。

转眼间，十几只鸟蛋全部裂开，钻出了一只只湿漉漉的雏鸟。先破壳的雏鸟已经爬到了雌鸟留下的腐肉块前，开始用喙啄下一丝丝的腐肉。

其他雏鸟也争先恐后地挤了过来，争食肉块。可肉块原本是为两三只雏鸟准备的，根本经不起十几只雏鸟争抢啄食，很快就被吃光了。

接下来发生了可怕的一幕。

仍然饥肠辘辘的雏鸟们开始互相啄食，想要吃掉自己的同胞。

一群才出生的雏鸟互相厮杀着，到最后只留下一片污血和幼羽，没有一只活下来。

天同没想到会是这个结局，不由得流出眼泪："怎么会这样……"

就因为她施以援手，原本应该存活下来的两只雏鸟也死了。

"神明是没有感情的。我们不理解，也不必理解感情是什么东西。这对我们有害而无益。"一直一言不发的禄存开了口，"天同，你想成为一个合格的福运神吗？"

天同的脸颊上还挂着泪："想。"

"那你愿意跟在我身边吗？我会教你如何做一个真正的神明。"

"天同愿意。"

"很好。"禄存点了点头，又指了指狼藉的鸟窝，"这就是我教你的第一课。天同，你要记住，温柔和怜悯是这个世上最没用的东西。"

克制自己的情绪和情感其实是很难的一件事情。

身为福运神，既要向人类赐福，又要将多余的福运回收。虽然这对其他福运神来说是很简单的事情，而对于拥有感情的天同来说却很难。

感情像一条绳子，捆住了她的手脚，让她畏首畏尾。

面对偷窃物品的小偷，她总觉得不该赐福给这类渣滓。看见已经病重到时日无多的老人，她又心生怜悯，忍不住多塞给他一些福运。

这样做的后果当然是被禄存痛骂一顿。

"那个小偷之所以偷窃，是因为家里还有饿着肚子的孩子，他偷东西只是想让家人吃一顿饱饭。那个病重的老人，是因为偷东西时不小心从房顶上摔了下来，伤到了筋骨，才落到今天这个下场。你只觉得他可怜，其实是他罪有应得，你赐福前想过事情的前因后果吗？”

天同显然没想到会是这样，不敢置信：“您说的这些都是真的？”

禄存面不改色：“假的，都是我编的。”

“禄存大人……”这时候还拿人寻开心。

禄存的表情没有丝毫的变化：“可是你刚刚感觉很愧疚，内心非常动摇，对不对？”

天同愣了愣，然后点点头。

“所以虚假的谎言也能左右你的内心。这就是感情带来的坏处。”

天同傻了眼：“可是……身为神明，难道不应该惩恶扬善吗？”

“这是自然。做好事会涵养福泽，做坏事会厄运缠身。这个世道，原本就是善恶有报。”禄存说，“如果你连最基本的公正都做不到，何谈惩恶扬善？我以前就告诉过你，把你那无谓的温柔和怜悯收起来，它们迟早会害了你。”

的确很有道理。可是温柔和怜悯又有什么错呢？

天同想不明白。

她一边吃着杏，一边琢磨着禄存的话，脚下却突然出现了一个圆圆的光圈。

天同看见自己原本站着的地方凭空出现了一个图案。

地面像被溶出一个圆形的洞，天同尖叫一声，感觉自己的身体开始往下落。

直到她一屁股摔到了地上。

天同龇牙咧嘴地揉了揉自己的屁股，看到自己坐着的地上被人用黑墨画上了某种阵法。

四周燃着香烛烟火，似乎是某处祭祀之地。

而画这个阵法的人就站在她的面前。看他的表情，似乎他也很震惊。

“我成功了……”他的嘴里念叨着，“召唤阵生效了！”

随后，那人露出欣喜的表情，向天同跪拜：“占星官星河拜见福运神大人！”

天同从地上爬了起来，还是一脸茫然。

“在下不才，花了数年时间钻研出了这个能召唤福运神的阵法。如有叨扰，还望神明大人多多见谅。”星河依旧额头点地，没有起身，“敢问福运神大人尊姓大名？”

天同犹豫着开口道：“天……天同。”

“天同星，五行壬水，寿福德保生主。旦遇此星，如遇贵人，时来运转……”星河自言自语一阵之后，摆出一副万分虔诚的姿态，伸出双臂，摊开手掌，“您就是我要找的福星！请福运神大人赐福于我！”

这个人也太不讲理了，一声招呼都不打就把人家叫到这里来，还伸手跟人家要东西。

再说她也没准备啊，现在她的手里就只有一个被啃干净的杏核。

天同尴尬地干笑着。

可是人家的手都伸到眼前了，不给点什么实在过意不去。天同只好把自己手里捏着的杏核放到了星河的手上。

星河诚惶诚恐："这是什么圣物？"

"嗯……一个杏核。"

"'杏'与'幸'同音……"星河开始瞎琢磨，"想必这就是开运神器！"

"不是，它就只是一个杏核……"还是她刚刚吃剩下的。

星河好像没有听到，小心翼翼地把那个杏核收到了怀里："在下一定妥善珍藏。"

"你先站起来吧。"看着挺聪明的一个小伙子，怎么就听不懂人话呢？

星河这才从地上爬起来，拍了拍身上的灰尘。

天同后知后觉，好像明白了自己身上发生了什么。

她被召唤了。

只有两种人能召唤出神明：一种是极度倒霉或者极度幸运的人，如果诚心祷告，就能召唤出神明；另一种是拥有法力的占星官，他们通晓星象规律，是最了解神明的人。

毫无疑问，二者皆有的人自然也能召唤出神明。

天同伸出手来，放到了星河的额前。

果然，福运不旺，是个薄福之人，但只是比常人略微倒霉了一些，也在正常范围之内，用不着进行修正。倘若心怀善念，多做善事，涵养福泽，日后是能时来运转的。

可不管怎么说，既然人家把自己召唤来了，自己就只能对他负责到底。毕竟这是紫微定下的规矩。

想到这里，天同清了清嗓子，开始佯装自己是一个成熟稳重、富有经验的福运神，就像自己的恩师禄存那样。

“咳……你有什么愿望？”

“在下自幼远居乡野，跟着恩师潜心研习占星之术。十几年下来，也算小有本事，颇获心得。”

天同知道他这是在自谦。一个年轻人能成功发明出召唤神明的阵法，绝对不会是什么等闲之辈。能到这种程度，一定是努力和天分并存才达成的。

“在下一直有一个心愿，希望能尽自己的绵薄之力为我须弥小国祈福驱厄。为此，在下入朝为官，进入钦天监做了一名占星官。但这几年，在下一直仕途坎坷，不被重用。”

星河的语气很是无奈。的确，他有着傲人的才华和远大的抱负，理应在朝廷中大显身手。可是这些年来他一直没有碰到合适的机遇，连当朝天子的面都很少见到。

“星河只想求一个机遇，希望天同大人赐在下一个能够施展才华的机会。望天同大人成全！”

天同看他一副虔诚的样子，不由得开始心软。

“好。”天同点头道，“这个忙我帮。”

其实天同才答应就后悔了。

所谓“一旦召唤，就是一生纠缠”的规矩其实是紫微琢磨出来的惩罚。福运神司管人间的福运，如果有福厄失衡之人出现，那必然是福运神的责任。所以紫微才规定，极度倒霉的人如若诚心祷告，便可召唤出帮他转运的神明。而被召唤出的福运神也必须负起责任，要陪伴在召唤者的身边，一直帮他改运改到他满意为止。

说白了，这和硬塞给你一个会折磨人的甲方是差不多的概念。

可星河毕竟不是福厄失衡的倒霉蛋，按照规矩，自己不能随意赐福于他。而他向自己祈求的，恰恰是一个能够让他出人头地的机遇——这其实是一个能够改变他命运的转折，足以撼动他的命格。如果真的用福运帮助了他，自己绝对会被禄存乃至紫微责罚。

所以要想帮星河实现愿望，还不违反规矩，就只能不使用福运，单凭自己的力量去帮助他。

还真是让人为难。

正当天同胡思乱想的时候，星河已经走下了祭坛。

“天同大人这边请。”

不得不说，星河这一口一个“天同大人”让天同很受用。

天同年纪不大，地位不高，只是一个低阶的福运神而已。虽然她一直都在刻苦努力地学习，也偶尔能获得禄存的褒奖，但在高手如云的福德宫，她只能算是一个吊车尾。

可在星河面前，她是一个高不可攀的神明。星河敬她、畏她，甚至都不敢多看她一眼。

她还是第一次被人如此尊敬。

星河引她来到一座别院，推开一扇房门：“天同大人请进。”

屋子里满是四处乱丢的纸张和书卷，一片狼藉。星河似乎有些不好意思，慌乱地把房里的纸张收在一起，丢在一旁。

天同看见纸张上全是各式各样的阵法："这都是你研究出来的？"

星河点了点头："我想把这些阵法整理成册，编成书籍，留给后人。"

"那能不能不要把召唤阵加进去？"如果人人都学会了召唤阵，那神界就要乱套了。

星河看了看她，笑道："遵命。"

桌上的纸张都被收走之后，原本放在上面的一个星盘就露了出来。星盘就是一个微缩的星空，天上的星星都被做成模型，放置在了里面。

天同是第一次看见星盘，好奇得很，伸手去拨动："哇，里面的星星还能动哎。"

"那是自然。"星河回答，"星象的移动幻化预示着时局的运转，所以每天晚上钦天监都会派人值夜，记录星象轨迹。"

天同问："那你们岂不是每天晚上都能看到我？"

每位神明都是一颗星星，他们居住在云朵之上，在黑夜里发着光。

"那是自然。"星河点头道，"只不过以前都是远观，离近了才发现……星星是如此耀眼夺目。"

天同嘿嘿地笑了。她指了指星盘："这里面哪颗星是我？"

星河指出其中一颗木刻的小球："这个。"

"紫微呢？"

"这个。"

"禄存呢？"

“这个……”

星河说着说着，语气突然变了。

天同察觉到了：“怎么了？”

“禄存星有变，偏移了既定的轨道。”星河皱起了眉头，又开始自言自语，“禄存属己土，象阴，北斗第三星。大吉星，化气为富，掌人食禄、贵气和寿基。亦为解厄制化之星，落诸宫皆能降福消灾，但忌冲破……”

星河忽然伸手拨了拨星盘，又拿起旁边的卜算工具运算了一通。

一刻钟之后，他重重地叹了一口气：“看来我须弥将有亡国之灾。”

天同有些惊讶：“这你都算得出来？”

星河点点头：“可惜我人微言轻，天子是断然不会信我的——再过些时日，须弥就会旱涝同至，民不聊生。”

他又指了指星盘：“原因是禄存星有异变，引起福厄紊乱，才招致灾祸。”

“禄存？”天同不信，要是别人也就罢了，整个福德宫最为冷漠的禄存怎么会有“异变”，“那个大冰山，能有什么异变？”

星河却说：“世间没有绝对，一切都很难说。”

天同听了不由得开始着急：“那有没有什么破解之法？”

星河想了想：“应当有。星象有异，天降灾祸，必然因为地上有一个诱因——把这个诱因找出来，也许就能挽救须弥百姓。”

天同又问：“那你能算出来吗？”

星河犹豫了一瞬间：“可以勉力一试。”

他其实没有十足的把握，但又不得不做。

身为须弥的占星官，星河不能眼睁睁地看着祸降须弥。

因为事关重大，星河干脆在书案前坐了下来，开始运算。天同在旁边看着他，也坐了下来。

不知过了多久，天同突然拍了一下手：“我知道了！”

星河被吓了一跳：“您知道什么了？”

“我知道你的机遇在哪里了。”天同说，“危机即转机，这次的灾祸就是你出人头地的机会。只要你算得出你说的那个‘诱因’的下落，阻止灾祸发生，天子自然会器重你。”

星河听后苦笑：“要算出来谈何容易？”

“我会帮你的。”天同自信地拍了拍自己的胸脯，“我可是福星。有我在你身边，一定没问题的。”

天同搬进了星河的住所。

钦天监的每一位占星官都能分得一处别院，星河也不例外。见星河的住所里还有空闲的住房，天同索性就住了下来。

星河是第一个向她祈求福运的人类，她也诚心诚意地想帮助他。

星河忙活了许久，收拾了半天的屋子，还是觉得不满意：“让天同大人在这里歇息，真是委屈您了。”

“无碍，无碍。”天同倒是洒脱，“我没那么难伺候。”

“临时准备的房间，难免有考虑不周的地方。”星河抱歉地笑笑，

“如果有什么暂缺的东西，就先把我屋里的搬来用。”

天同也没跟他客气：“好。”

这时外面有声音传来：“星河老弟！”

听到有人在喊自己，星河又跟天同交代了几句，走到了院子里。

“胡兄，”星河上前拱手道，“好久不见。”

来者胡大人是星河在钦天监的同僚。因为年纪相仿，两人在这尔虞我诈的官场中倒是很谈得来，常以兄弟相称。

两人正在寒暄，天同从自己的房间里出来，走进了隔壁的卧房。胡大人刚好看见：“星河老弟，那位姑娘是？”

“那个，她……”

总不能告诉别人天同是天上的神明吧，星河准备找个理由搪塞过去。

说是自己的妹妹？可是胡大人对他知根知底，知道他是家里的独子。

说是新来的下人？不可不可，这是对神明的亵渎。

要不然干脆就说她是自己的债主，过来讨债的？

胡大人见星河这副吞吞吐吐的样子，故意长长地“哦”了一声：“难道是弟妹？”

“胡兄莫要说笑！”星河立刻涨红了脸，慌忙摆手，“这种玩笑是开不得的！”

这时，天同走了过来。

要是她一个人走过来也就罢了，可她的身后还跟着一张桌子。

那是用红木制成的桌子，重量不容小觑，要两个成年男子才能搬动。可是眼下，那张桌子却轻飘飘地浮在半空之中，正缓缓地跟着天同的步伐移动。

“我的屋里缺一张桌子。”天同指了指飘在身后的桌子，“这个能不能借我用几天？”

天同是第一次来到人间，自然不懂人间的规矩。她完全没有意识到自己现在的举动有多惊世骇俗。

星河只能硬着头皮答应：“既然天同大人开口，自然可以拿走。”

胡大人看了看天同，又看了看星河，下巴都快要掉下来了。

天同觉得眼前这个人才见到自己就摆出这么一副快要被吓死的表情简直莫名其妙，但她也担心外人会认出她的神明身份，于是准备编个瞎话糊弄过去。

她指了指星河：“我是他妹妹。”

胡大人的嘴依旧张得那么大。

好吧，人家明显不信。她改口：“其实我是新来的下人。”

胡大人的嘴依旧张得那么大。

看来他还是不信。她又说：“其实我是星河的债主，过来讨债的。”

胡大人的嘴依旧张得那么大。

星河咳嗽了两声：“我介绍一下。天同大人，这位是胡大人，和我同是钦天监占星官。胡兄，这位是福德宫神明，福运神天同。”

胡大人的嘴依旧张得那么大。

天同埋怨星河：“你怎么直接就说了呢？”

星河指了指飘浮的桌子："天同大人，这个我实在糊弄不过去。"

胡大人"扑通"跪地："占星官胡吉拜见天同大人！"

天同连忙让他起来："快请起，快请起。"

胡大人仍然跪地不起："请福运神大人赐福于我！"

这群凡人怎么都这样，跪在地上就跟人家要东西。

"不好意思，不行。"

胡大人抬起头来："为什么？"

"福厄皆有定数。"天同只能硬着头皮去学禄存平日里的那套说辞，"福运是不能被随意赐予的。"

胡大人指了指星河："那他为什么就可以？"

天同不敢提召唤阵的事情："那是因为……他是我选定的人。"

胡大人的脸上露出了不易察觉的愤恨。

千叮咛万嘱咐不能泄露天同的身份之后，星河将胡大人送出门外。

"天同大人。"星河转过身来，神情严肃，"您刚刚说，我是您选定的人。所以我和您的相遇不光是我选择了您，其实也是您选择了我，是吗？"

看见星河期待的神情，天同实在不好意思说这些都是她随口胡诌的，只能硬着头皮答应："是。"

星河立刻笑了。

天同不解："你很高兴？"

"是啊。"他的双眸发着光，"天同大人，原本我一直以为自己是一厢情愿。原来我并没有想多。”

星河突然握住了天同的手。

“您不知道，”他的声音微微发颤，“现在我有多高兴。”

“天同。”

禄存的声音突然在身后响起。

天同吓了一跳。她一回头，看见桌子上的铜镜中显露出了禄存的面容。

“你长大了，翅膀硬了，擅自离开福德宫也不跟我说一声。”

天同讪讪地挤出笑容：“什么都躲不过您老人家的眼睛。”

“少来。你想去哪里是你的自由，我绝不干涉。但我还是要提醒你，在你逗留人间的这段时间里，切不可擅用福运，改变他人命数。我告诉过你很多遍，温……”

“温柔和怜悯是这个世上最没用的东西。”天同打断他，“我知道了，这句话都快把我耳朵磨出茧子了。”

被她生生打断，禄存倒也不恼火，仍旧是一脸淡漠：“你知道就好。”

天同看了看禄存的脸，突然想起星河得出的那个占卜结论。

可这个念头才一闪而过，就被她抛到了脑后。

就凭禄存这副不近人情的样子，她才不信他会有什么“异变”。

“但我仍然对你放心不下。”禄存又开了口，“过来。”

天同乖乖地走了过去。

她看见禄存抬了抬手，面前的铜镜就发出一道耀眼的亮光。天同下意识地闭上了眼睛。

额头上有灼热的感觉掠过，随即这份灼热融进了肌肤。

“这是一道封印。如果你善心泛滥，擅自使用福运，封印就会启动，封存你所有的法力。到时候，你就和凡人无异。该说的我都已经说了，如果封印启动了，那就是你活该。这是对你的惩戒。”

天同撇了撇嘴。这个禄存不愧是紫微的好兄弟，紫微那些整人的点子他真是学得有模有样。

“你好自为之。”

禄存说完就消失了，铜镜也恢复了原本的样子。

天同决定不理他，哼着歌就去找星河了。

星河仍把自己关在房间里，对着星盘不停地测算，连天同推门进屋都没有察觉。

“还没算出来？”

天同的一句话把星河吓了一大跳。他连忙起身：“天同大人。”

“别那么客气，坐下。”天同在他身边坐了下来，“怎么？测算不顺利？”

星河皱起眉头：“还是老问题。”

星盘是可以自动计算星轨的。根据以往的数据，它可以自行运转，预测出星星接下来的动向。

可是这个预测是有限制的，它只能推算出未来短期内的运行轨迹。星河正卡在一个关键的节点，星盘却卡住不再运转，测算也只能戛然而止。

天同也叹了一口气。如果她能赐予星河福运的话，这个问题就能迎刃而解。

这么有才华、有抱负的一个年轻人，如果失去了眼前这个宝贵的机会，被埋没一辈子，那就太可怜了。

天同的脑中突然闪过了一个念头。

如果不把福运赐给星河，而是赐给星盘呢？

福运可以推动星盘继续运转，而星盘是一个死物，并无命格。向星盘赐福，星河就变成了一个旁观者，没有承受她布施的福运，似乎也不违反规矩。

虽然这样做是在打擦边球，不过天同觉得值得一试。

“也许我可以帮你。”

天同伸出手来，掌中散布出温柔的光辉。那些光辉倾泻到了星盘上，星盘开始继续运转。

星河看得目瞪口呆。

可是星盘才移动了几下，天同的额头上就突然散发出红光，烫得她惊呼出声，掌中的光芒瞬间消失，看来作弊也瞒不过禄存。

天同的额头上出现了一个鲜红的图案，小小的，像是贴在额头上的花钿。

星河问：“这是什么？”

“这是封印。如果顶着这个封印还肆意用福运帮助别人，就会被封印住法力，变得和凡人无异。我还以为不直接帮你就不碍事了呢。”天同叹了口气，“侥幸心理真是要不得，现在我要做一段时间的凡人了。”

星河知道其中的缘由后心里十分过意不去：“都是在下的错，要不是为了在下，天同大人也不必遭受惩罚。”

“没事没事，能帮到你就好。”天同捂住额头，“快去看看星盘怎么样了。”

星河看了一眼星盘，脸上露出欣喜的神色：“不愧是天同大人，关键的地方已经显露出来了！”

他连忙开始测算。

“虽然还不完全，但足以让我算出异变的诱因在哪里！须弥的百姓有救了……”

看见星河欣喜若狂的表情，天同嘿嘿笑出了声，全然忘记了额头上滚烫的痛感。

面前的星盘停住不动了，它已经到达了自己的极限。

可是命运没有停止转动。这个名为“命运”的东西，没有一个人能够脱逃。

须弥果然出现了数百年难遇的灾祸：旱涝同至，民不聊生。这和星河测算的不差分毫。

须弥刚登基的君主日轮，年纪尚轻，自视甚高，胸怀成为一代明君流芳千古的宏图伟志。可是他即位后才发现，正在受灾的须弥简直是一个烂摊子。

如今的须弥似乎惹怒了神明，洪涝和旱灾接连到来，把好好的一个国家折磨得不成样子。

各地受灾的速报乘着快马来到他手中，他却束手无策。

危难之际，钦天监的占星师星河站了出来，在朝堂之上一语道破了玄机："卑职夜观天象，发现我须弥福厄运场紊乱，想必这就是我须弥遭受旱涝灾难的原因。在我须弥南郡安宁镇，有一名为明月的女子。据星象显示，她便是此次异变的根源。天子可以派人去查验，看安宁镇是否真有此女。"

原本日轮对星河的说辞将信将疑，可当派去的侍卫真的把那个叫"明月"的女子带回来的时候，日轮对星河刮目相看，开始重新审视这个一直不被重用的年轻人。

如果身边有这么一个能卜算过去、知晓未来的人物做参谋，他就能真正做到运筹帷幄之中，决胜千里之外了。

他把星河召到跟前，问星河应该如何处置明月："爱卿有何高见？"

星河回他："我须弥百姓受苦如此，都是拜她所赐。"

"那依爱卿看，朕应当如何处置她？"

"忽然转运，实属不祥。依卑职看，也许她真的是妖孽，吸他人福运，供自己作祟。驱除邪祟，只有一法——烧。"

……

大火焚尽，日轮一直悬着的心终于放了下来。如今祸根已除，灾祸自然也就消失了。他下令大摆筵席，要把星河这个大功臣好好地褒奖一番。

宴席上，日轮喝了个酩酊大醉。

“星河，你是大功臣！发觉异象，铲除妖孽，救须弥于水火，朕实在不知道该怎么谢你。”他醉醺醺地拍了拍星河的肩膀，“朕要你继续做朕的左膀右臂！朕要封你做钦天监监正！”

星河自此改运。

在此之前，星河一直仕途不顺，郁郁不得志，可自从天同降临到他的身边，他终于时来运转，了遂心愿。

天同得知这个消息后比他还高兴：“我就知道，你这么有才华，一定不会被埋没的！”

她额头上的封印还没有褪去，也不知道禄存打算封印她多久。

“天同大人，”星河叹气道，“都是我连累了你。”

因为封印迟迟无法解封，天同就不能回福德宫，只能逗留人间。

“没关系，我看这封印的颜色变淡了不少，想必不久之后我就可以回去了。”天同说着，放下了手里的铜镜，“倒是你，别总叫我‘天同大人’了，现在我只是一个凡人——不过做凡人也没什么不好，挺有意思的。”

逗留在人间的这些日子，星河带她看尽了人世间的繁华，这在庄严肃穆的福德宫是看不到的。

“所以啊，这次帮你，我一点都不后悔——嗷！”

额上的封印忽然又发烫了。也不知道禄存对她用了什么古怪的法术，每当她心里闪过“不后悔”的念头时，封印都会发烫发痛，给她教训。

星河一下子紧张起来，伸出手去触碰天同额头的封印：“又疼了？”

灼热的触感从指尖传来，好烫，应该很痛吧。

都是他害得她要受这样的罪。

天同“嘶”了一声：“不要紧，已经比以前轻多了。”

的确，原本艳红似血的封印已经暗淡了不少，变成了柔和的粉色。看来再过一段时日，天同就能恢复神明的身份，回到福德宫。

也不知道分别之后，自己还能不能再见到她。想到这里，星河不由得有些伤神。

指尖顺着封印缓缓下滑，星河的目光突然对上了天同的眼睛。

星河自觉失态，连忙松手：“抱歉，是在下失态了，还望天同大人海涵。”

刚刚他们贴得实在太近了，近得就如同……一对亲密的爱人。

星河觉得自己的脸颊灼灼地发烫。

“在下，在下……”不知道是不是因为紧张，星河开始语无伦次，“在下一定会想办法，让天同大人能够早日回到福德宫。只是……”

天同问：“只是什么？”

星河鼓起勇气：“只是……分别之后，我还能再见到您吗？”

天同觉得奇怪：“这是什么鬼话。你不是会召唤阵吗？”

星河的脸上浮现出欣喜：“您的意思是，今后我还可以召唤您？”

“当然啦。”天同笑了，“我喜欢和你在一起。”

星河成了钦天监的监正。

所谓监正，乃是钦天监的首席长官。星河一跃成了天子身边的大红人，一时间风头无两，春风得意。

登门祝贺的人络绎不绝，每个人都提着贺礼，面带笑容。

但并非每副笑容都是发自内心的，譬如胡大人。

胡大人与星河年纪相仿，履历相似。算起来，胡大人还要比星河年长几岁。可是现在这个昔日的弟弟比自己更早地升了官，甚至成了自己的顶头上司，胡大人多少心里有些不舒服。

他也是天纵奇才，他也苦修多年，论才华，论能力，他与星河不分伯仲。星河占得先机，不过是因为有福运神暗中相助。

可话又说回来，凭什么福运神只选中了星河，没选中他？

他嫉妒得发狂。

这样有什么公平公正可言？要他看，那个天同根本就不配做神明，她不配！

星河能造出阵法，他也能！

星河上任之后，便将自己除了召唤阵之外的所有研究成果都拿了出来，分享给钦天监的各位同僚。

胡大人把他的那些符咒和阵法细细研究了一遍，很快就掌握了其中的规律。

其中有个阵法，专门用于对付有法力的人。一旦误入此阵，便会法力尽失。

还有一个阵法，能够汲取他人的法力，据为己有。

胡大人略一琢磨，心里突然有了一个主意。

如果将这两个阵法合二为一……也许就能实现他的计划。

胡大人怀揣着恶意前来向星河庆祝，但星河丝毫没有察觉，他热情地接待了胡大人。

“星河老弟！”胡大人带着假笑，“现在可不能叫老弟了，应该改口叫星河大人！”

星河连忙推辞：“胡兄不要开玩笑了。私下还用官场上的那套称呼，就显得生分了。”

“哎，规矩还是要守的嘛！现在星河大人的身份不同于往日，怎么还能用过去那一套呢？”胡大人说完，又装作漫不经心地问道，“天同大人呢？”

提起天同，星河不自觉地叹了口气。

他的内心很矛盾，他既想让天同顺利回到福德宫，又盼望着她不要回去。

胡大人察觉到了他的异常，不动声色地问：“怎么了？”

星河与胡大人交情非凡，自然不会对他设防，加上他又知道天同的真实身份，于是星河就把天同失去法力的前因后果全盘托出。

胡大人极力按捺住内心的窃喜：“这么说，星河大人是想让天同大人回到福德宫？”

星河点了点头。

“这件事，也许胡某能帮上忙。”胡大人道，“其实胡某也略通阵法。前几日，胡某刚刚研习出一个可以解除封印的阵法，或许能帮上天同大人。”

星河听后眼睛一亮："此话当真？"

"那是当然，胡某不会拿星河大人你寻开心。"胡大人顿了顿，故意拖长了声调，"不过……"

星河急切地问："不过什么？"

"不过在下有个条件。胡某比不上星河大人，是个很小气的人。星河大人生性慷慨，舍得将自己的毕生心血分享给众人，胡某却舍不得。所以胡某的条件就是，布阵之时，星河大人需退到祭坛之外，不得入内。"

如果星河在场，凭他的造诣，一定会看出阵法的端倪。

星河没有起疑，一口答应了下来："可以。那胡大人何时可以布阵？"

"现在就可以。"

"现在……可否给在下多留一点时间？"他还没来得及和天同好好告别。

"那是自然，毕竟布阵也需要时间。那胡某先去祭坛准备。"

祭坛便是当日星河召唤出天同的地方。看来那里既是起点，也是终点。

星河一边感慨，一边来到了天同房内。

"天同大人。"

天同正在屋里闷得发慌。看见星河进来了，她立马眉开眼笑："你来是要带我出去玩吗？"

星河深吸一口气："我是来送大人您回去的。"

"回去？"

"是的，回去，回福德宫去。我找到了能解除您额头上封印的阵法。"

天同又惊又喜："真的？"

算起来她来到人间已逾一年。在这一年里，封印时不时灼热剧痛，她早就受够了这种折磨。

更何况这个封印是禄存亲手设下的，如果自己告诉他这个封印是被一个凡人解开的，他搞不好会摆出吃瘪的臭脸。

那可太有意思了。

天同拉起了星河的手："要怎么解封？"

星河看到她期待的眼神，心里有些不是滋味。

"请随我来。"

星河带她走出了房门。

天同看了看星河的这个别院，有些不舍："其实我很喜欢这里。"

星河不喜奢华，院中的一砖一石、一草一木都是素雅的样式。在这样的地方住久了，天同的心境也变得轻松了。

天同恋恋不舍地望着这个院落："下次我回来的时候，它会不会变样了呢？"

星河一愣："您还会回来？"

天同也一愣："你这个人好忘恩负义。人家帮你实现了愿望，你还不许人家回来看看了？"

"不不不，我不是那个意思。"星河连忙否认，"我是想说……"他顿了顿，"我是想说，既然您喜欢，那么这个院子就不会改变。在您回来之前，它永远都会是这个样子。”

天同笑了：“那就这么说定了哦。”

说话间，两人已经来到了祭坛脚下。

祭坛是整个钦天监中最高的建筑。它直直指天，高耸入云，楼身是一个密不透风的直筒，里面有一眼望不到尽头的螺旋楼梯，一直通往楼顶的祭祀台。

星河顿住脚步：“那在下就送天同大人到这里。”

他是一个信守承诺的人。既然他和胡大人已经约好了，就一定不会踏入祭坛半步。

真到了离别的时刻，天同越发不舍：“我会想你的。”

星河温柔地笑着，点了点头：“嗯。”

“我会回来找你的。”

“好，我等着您。”

天同一步三回头地踏上了楼梯。

走过一级级漫长的阶梯，她终于到达了祭祀台。

里面的景象和她被星河召唤来的那天很像，一样是烛光摇晃，烟火缭绕，房间的中央有一个巨大的阵法。

胡大人早已在此等候多时，他指了指那个阵法：“天同大人请入内。在下奉星河大人的旨意，送您重返福德宫。”

天同轻轻跳了上去。

“那么，在下就开始了。”

胡大人坐到一块软垫上，闭眼捏诀，开始念咒。

阵法开始散发光芒，将天同笼罩在其中。

“缚！”

胡大人念完一串咒语，突然大声喊出了这个字。阵法的光芒忽然化作了锁链，将天同牢牢锁住。

天同没料到会发生这种事情，瞬间被那条光芒化成的锁链捆了个结实，动弹不得。

她挣扎着想要离开，却发现自己手脚绵软，毫无力气。

她的法力正在源源不断地顺着那条锁链流到阵法之外。

“哈哈哈……哈哈哈哈！”

胡大人终于抑制不住自己内心的狂喜，大笑出声。

他的面前放着一只贴了符咒的瓷坛，正在源源不断地吞食着天同身上涌出的法力。

“这就是神力？”胡大人着迷地看着那个瓷坛，“有了它，就能让凡人变成神明！”

这就是他的计谋。

嫉妒让他失去了理智，也撑大了他的胃口。现在的胡大人已经走火入魔，甚至妄图成为神明。

只要把天同的神力夺取到手，他便能取而代之，成为神明，成为超越星河的存在。

锁链狠狠地勒住了天同的脖子，让她几乎喘不过气来。她只能从喉咙里艰难地挤出话来：“你什么意思……”

“意思就是，你根本不配做神明。”胡大人站起身来，眼神带着蔑视，“天同，你甘愿受罚也要帮助星河，到底是因为什么？因为温柔？因为怜悯？”

他嗤笑一声，指了指自己面前的瓷坛。

“可笑。你知不知道，你费尽心机要帮的那个人，一直打的都是这个算盘。他一直想要的，不过是你这一身的神力。”

胡大人是个聪明人，明白杀人诛心的道理。他知道怎么说才会让天同更痛苦——没有什么比被信任的人背叛更能刺痛人心的了，所以他故意说谎，把这一切都推到了星河的身上。

“天同大人也不要怪在下，在下不过是替星河大人办事而已。天同大人的这身神力，在下会完完整整地交付到星河大人的手中。”

天同咬紧牙关，艰难发声：“你们……卑鄙！”

话才说出口，旁边另一条锁链便猛地飞来，直直插入了天同的喉咙，刺得她的脖颈血肉模糊。

“多说无益。”胡大人冷漠地说，“天同大人，该上路了。”

剧痛从脖颈处传来，鲜血从喉咙涌至口腔，唇齿之间全是浓烈的腥甜气味。

天同发出痛苦的叫喊，声音无比嘶哑。

她的嗓子已经被那条锁链穿透了，再也不能说话。

天同额前封印的颜色忽然变深，恢复成最初如血的艳红。随后，就如同掉落在地上的琉璃一般，倏然破裂。

缠绕在天同身上的锁链纷纷落了下来，那只瓷坛也被炸了个粉身碎骨。

胡大人一脸木然，喃喃自语：“怎么会这样……”

极度的痛苦让封印解开了，天同恢复了神明的身份。

她冷眼看着胡大人，白皙的脖颈还在不断地流着血。

胡大人跌坐在了地上，脸上写满惊恐：“不要……不要！”

他在天同的眼神里看到了从未有过的憎恶和仇恨。

天同缓缓地抬起手臂，而胡大人早已抖如筛糠，面色惨白。

“住手，住手！我还没有成就一番大业，我还不能死！”

话音才落，一声轰鸣便在耳边响起。

整个祭祀台消失在了一片火光之中。

“你回来了啊。”

天同跌跌撞撞地回到福德宫，可推开门，里面坐着的却不是禄存。

紫微正坐在禄存的神座上，怜悯地看着她：“看你的样子这么狼狈，一定吃了不少苦吧。”

天同呆呆地望着紫微。

“你是不是想问禄存去哪里了？禄存犯了错，正在接受应得的惩罚。”

紫微抬起手来，他的指尖上悬挂着一个铃铛。紫微看着那个铃铛，叹了口气，又把它收了起来。

“既然他不在，那我就替他教训你几句——看来你已经吃到苦头了，你的温柔和怜悯到底是害了你。”

天同垂下眉眼。她的确已经得到了教训。

她把自己的温柔和怜悯都交付给了星河，可星河却把它们淬成了一把刀，生生地插进了她的喉咙。

这样的教训，足以让她永远铭记。

“你现在这副样子还真是可怜。”紫微又说，“那我赐予你一样东西吧。”

一个光点从紫微的指尖溢出，飘到了天同的脖颈上，融了进去。

天同下意识地捂住了脖子：“好凉……”自己的声音突然响起，可喉咙却没有半点颤动。

“我把你的声音还给你。但你的嗓子已经坏了，所以你永远不能再用自己的喉咙说话了。”

紫微望着沉默的天同。

“看来你有话要说。”

天同重重地跪了下来：“天同请求紫微大人了结我与星河之间的孽缘。”

一旦召唤，就是一生纠缠。何况星河手握召唤阵，能轻轻松松地把她召唤到他的面前。

可她真的是痛极了，也疲倦极了。她再也不想见到星河，哪怕只是一面。

紫微再次重重地叹了口气：“好。我将在星河的身上放置百年封印，这期间他将再也无法召唤你。”

天同的头重重地叩了下去：“谢紫微大人成全。”

“原本没有情感的禄存明白了什么叫作情感，原本拥有情感的你现在又变得如此冷漠绝情，真是造化弄人。”紫微自言自语后，像是突然想起了什么，“其实这次我来福德宫，是有要事找你。”

“天同但凭紫微大人吩咐。”

“眼下福德宫缺一个主人。这个位置，我要你来坐。”

天同猛然抬头：“天同岂敢！天同哪有禄存大人的本事……”

“你是说你不如他？”

“那是自然……”

“我看未必。至少你不会给我捅那么大的娄子。”紫微说，“你可知道禄存他犯了什么错？他为了一个女人迷失了自己的心智，做出了无法被原谅的蠢事——他毁了整个须弥。”

原来星河当年测算出的预言，真的成了现实。

李沐恩听完整段往事，只觉得信息量太大，脑子简直要爆炸。

“所以……陈思达他是……”

天同淡漠地回道：“他就是星河的转世。紫微在他身上施下的百年封印已经失效，所以转世之后，他又召唤出了我。真是孽缘。”

“那……”李沐恩又问出了另外一个问题，“你刚刚提到了须弥……”

禄存丢失的记忆和那个叫须弥的地方有着千丝万缕的联系，这让李沐恩对须弥的事情变得格外上心。

“对，五百年前，须弥消失在一场风沙之中。”

天同站了起来。和李沐恩闲聊了那么久，天同的耐心终于消耗殆尽。

“而且这场风沙就是禄存亲手造成的。你是不是想知道当年禄存到底犯了什么错？”

天同露出冷笑，丢下一句话后便消失不见：“他犯的错，就是为了一个女人，亲手葬送了须弥。”

第七章

吃醋就是四舍五入的爱情

Pengran Xingdong

“他犯的错，就是为了一个女人，亲手葬送了须弥。”

五百年前，到底发生了什么事？

李沐恩想起前几天反常的禄存。他曾经对自己说过这么一句莫名其妙的话：“神明的爱，不是区区凡人可以承受的。”

这两句话到底有什么关联？李沐恩用手掌拍了拍自己的额头，觉得很是头疼。

“李沐恩？李沐恩！”

身后有人喊了她好几声，李沐恩才回过神来，猛地站起身：“在！”

“大白天的发什么呆，怪不得最近工作一团糟。”小胡皱着眉头，居高临下地呵斥着她。

大概他笃定李沐恩是翻不了身了，所以就开始无所顾忌地差使、呵斥她。

“上次星河观的稿子反响很一般。”小胡沉着一张脸，“都是因为你该工作的时候不好好工作，居然跑到采访对象家里睡大头觉！”

李沐恩耸耸肩。他自己都说了，是“稿子反响很一般”，又不是“照片反响很一般”。她是只负责拍照的摄影师，是个明眼人都能看出来，小胡的这个锅甩得很勉强。

“所以咱们得找个足够有爆点的新选题，这样才能让上面对咱们有所改观。”小胡拉了一个座椅，坐到了李沐恩的身边，他压低声音，“之前采访禄存的那个任务，不是由你负责的吗？咱们就继续做这个项目。”

李沐恩咧了咧嘴，笑得比哭还难看。

“你那是什么表情？禄存和你不是关系不一般吗？采访他很难？”

一说到这个，李沐恩就来气，她又想起了禄存的那句“我们这几天还是不要见面比较好”。

李沐恩憋了一肚子火：“我和他关系还真挺一般的。”

“那你总知道他住在哪里吧？告诉我。”

李沐恩一怔：“这我还真不知道。”

经小胡这么一说，李沐恩才发现自己对禄存一无所知，连他住在哪里都不清楚。

“你不知道？你不是被他包养了吗？居然连他家在哪里都不知道。该不会是他有家室，所以一直不敢把你带回家，只敢在外面开房……”

看见李沐恩要杀人的目光，小胡只好把后面的话咽了回去：“那手机号总有吧？给我手机号也行。”

“他没有手机。”

“没有手机？这年头还会有人没有手机？”小胡觉得好笑，“不想给就直说，编借口也不会编个高明点的。”

“他真的没有手机……”

“行了，既然不想给，我也不强求。”小胡打断她，“那你负责去联系他，约个时间到他家采访，这总可以吧？”

李沐恩还想说什么：“我……”

可小胡根本不给她解释的机会：“就这么定了。”

李沐恩看着他远去的背影，愤愤地呼了一口气。

这时候手机响了，是陈思达打来的。

李沐恩接了电话。

“喂，李小姐，你现在是在杂志社吗？我就在楼下。”

“我在。那我们在楼下的咖啡厅见。”

李沐恩来到了咖啡厅。

陈思达早就在等她了。

李沐恩一进门，就看见他正举着胳膊朝自己挥手：“李小姐，我在这里。”

“你来找我，有什么事？”

“倒也不是什么很要紧的事。”陈思达拿出一道符，“这是上次你去星河观向我要的红鸾符……我特意拜托观里法力高强的长辈重新画了一个。上次发生那样的事情，真是不好意思。”

每次画符，他总要闹点乌龙出来。而且连续两次他都误打误撞在李沐恩面前召唤出了天同，给李沐恩带来了不小的麻烦，这让陈思达觉得很抱歉。

“这道红鸾符代表着我的歉意。衷心祝愿李小姐能和自己喜欢的人在一起。”

李沐恩眉开眼笑，把符接了过来：“有什么不好意思的！不过我真要谢谢你。我打听过了，你们星河观的符啊，难求得很，要排长队才能拿到呢。”

陈思达很是自豪：“那是。我们星河观别看规模不大，却是最灵验的。”

那道符是一个小小的锦囊，上面绘制着星星的图案，想必是司管姻缘的红鸾星。锦囊用绳结封了口，里面装着画有阵法的符纸。

李沐恩自言自语：“也不知道有了这个东西，他会不会喜欢我……”

陈思达一听，立刻就来了兴致：“李小姐已经有喜欢的人了？谁啊？”

李沐恩欲言又止：“呃……”

陈思达的眼里闪着八卦的光芒：“谁啊？咱们好歹也算是朋友，告诉我嘛！”

“那……我告诉你，你不许告诉别人。”

“那是当然。”

“就是……”李沐恩看了看四周，然后把手捂在嘴边，压低声音，“禄存。”

“禄存……那位厄运神先生？喜欢上神明，你还真是大胆啊。”

“你有什么资格说我？”

“哈哈哈！”陈思达笑道，“这倒也是。”

“不过他好像对我没什么感觉。”李沐恩又开始发愁，手指捏起那道红鸾符，“要不然我也不用跟你要这个东西了。”

陈思达却说：“我看未必。李小姐还记得咱们第一次见面的时候吗？那个时候，禄存先生曾经从天仙姐姐手里把你救了下来。依我看，他对你应该是有好感的。既然有好感，那就好办了。李小姐，你可以想办法让他吃醋。”

“吃醋？”

“对。吃醋就是四舍五入的爱情嘛。等禄存抑制不住嫉妒，自然就会发觉他对你的感情了。”

“可……我也没有什么暧昧对象啊？”

“在下可以帮李小姐这个忙。”陈思达眨了眨眼，“将功补过嘛。毕竟我之前也给李小姐添了不少麻烦。禄存先生住在哪里？我们现在就去找他。”

怎么一个两个都笃定她知道禄存住在哪里。

“我……”

这时候手机响了起来。李沐恩看了一眼屏幕，接通了电话：“喂？”

“姐，”电话那头是李桑，“你能不能把车借给我用一下？”

“你要用车？”

“对。机场那边新托运过来一件文物，教授让我送到他家里去。这次送来的东西太大了，我搬不动，只能借你的车用用。”

李沐恩一愣：“教授？哪个教授？”

“就是你上次见过的那个，禄存。”

“你知道他家在哪里？”

“当然啊。”李桑抱怨，“他每天都使唤我跑腿。”

真是踏破铁鞋无觅处，得来全不费工夫。

李沐恩抬头看了陈思达一眼：“那你来杂志社接我，咱们一起去。”

“你也要去？姐，你去干什么？”

“我要去采访他。正好，你带路。”

李桑很快就来到了杂志社的楼下。看到李沐恩和陈思达站在一起，李桑大大咧咧地问：“姐，这就是你男朋友？”

“才不是。我介绍一下，这位是星河观的少主，陈思达。”

“星河观？”李桑说，“我知道，书上有记载。星河观始建于五百年前，传说是由须弥钦天监监正星河所建，灵验至极，香火鼎盛。”

陈思达听了觉得十分有面子：“小伙子，你懂得还不少嘛！”

“嗨，这都是因为我们教授。他对须弥感兴趣，所以我们也得跟着下功夫研究。”李桑说着，已经招呼着两个人上了车，“姐，你突然要去采访我们教授，有没有事先打过招呼啊？”

李桑很聪明。如果是事先约定好的，李沐恩应该不至于连人家的住址都不知道。

李沐恩也回答得爽快：“没有。”

“那我先打电话跟他说一声。”他的那位教授大人那么难伺候，日后搞不好要找他算账的，他的学分还攥在人家手里呢。

“不行。”李沐恩又想起了他那句气人的“我们这几天还是不要见面比较好”，要是事先告诉他，说不定他还会继续躲着自己。

“姐，”李桑委屈巴巴地看着李沐恩，“我们研究生很可怜的，期末我还指望他给我打绩点分数，我真的是得罪不起……”

李沐恩对自己的弟弟从来都不会客气：“少废话，这路你是带还是不带？”

“带带带。”李桑没了脾气，只能被迫给李沐恩带路，“太君，这边请。”

“这地方倒不错，有点福德宫的影子。”

天同踏过二楼的长廊，向外远眺。

“连外面的花草也是福德宫院子里的种类，看来大人对福德宫很有感情。”

“只可惜现在那个地方已经和我无关了。”禄存叹气道，“即便我现在被允许回神界，也只能回到疾厄宫。”

福德宫是福运神的住所，与之相对应，疾厄宫便是厄运神的住所。如今禄存已经被紫微剥去了曾经的神职，被贬成了一个低阶的厄运神。现在的他是没有回到福德宫的资格的。

大概就是因为这个，禄存在人间给自己建造的住所才会有福德宫的影子。

这是一栋坐落在远郊的独栋别墅，依山傍水，远离城市喧嚣，但交通便利。别墅庭院方阔，尺度合宜，稳重大气，严谨深沉。

正如同禄存住惯了的福德宫。

走过长廊，禄存推开了一扇门，做出了个“请”的手势：“天同大人里面请。”

天同垂下眉眼：“禄存大人这样说，真是折煞天同了。”

天同知道禄存恢复了部分记忆，也记起了和自己的那些前尘往事。昔日恩师对她如此恭敬，她实在受之有愧。

禄存用淡然的口吻说：“有因便有果，我沦落到如今这个地步是咎由自取，你受人敬仰也是理所应当。我不在的这五百年里，福德宫一直平安无事，不曾出错。说起来，我还要感谢你。”

最近他脸上的表情变得越来越少。自从想起那些痛苦的过往，他就越发有意识地去克制自己的情感。前车之鉴就摆在面前，他不能无动于衷。

禄存这是有意想忘掉李沐恩。

“福德宫也不是‘不曾出错’。”天同说，“时隔五百年，人间又一次出现了福厄失衡之人。”

天同说的人正是李沐恩。两人心知肚明，一起沉默了片刻。

“我会负责修正这次的错误。”禄存说，“五百年前，我面对相似的情况时犯了大错。这一次，我会把自己的错误弥补回来，然后……然后彻底忘记她。”

天同说：“可是忘掉一个自己喜欢的人很难，不是吗？”

她知道这种感觉。当你喜欢一个人，当你爱上一个人，当你一个人行走在夜深人静之中，就会思绪万千。你会想起和他一起说过的话，一起走过的路，一起经历过的一切，然后一个人傻笑，一个人心痛。

禄存轻笑道：“天同，看来这些年你也经历了不少。”

天同不再说话。

这时候一首儿歌响起，禄存撸起袖子，露出了一块儿童电话手表。

天同问："这是什么？"

"这是手机，可以用来打电话，非常方便。"禄存炫耀般地在天同面前晃了晃手腕，"怎么样，好看吗？"

天同看了看那块小蜜蜂形状的儿童电话手表。

"很符合您的气质。"缺心眼的气质。

禄存已经接通电话："喂？你已经到了？那你稍等，我去开门。"

天同问："谁？"

禄存说："我的学生。我在人间还有另外一个身份，就是大学教授。"

"您教什么学科？"

"文物发掘。我发现我对历史还是挺有研究的，这可能就是传说中的天赋。"

这老东西还真是恬不知耻。他那是对历史有研究吗？他哪有什么天赋，明明是因为那些事情他都亲身经历过。

"你在这里稍等片刻，我马上回来。"禄存说着，消失在天同面前，转眼间就出现在了院子里。

打开大门之后，禄存看到了李沐恩的脸："怎么是你？"

李沐恩也不客气："怎么就不能是我？"

陈思达也冒了出来："还有我。"

禄存的脸色越发不悦："李桑呢？"

李桑是个聪明人，一看情况不妙，搬着托运木箱直接进了屋：“教授大人，东西我给您送上去。”

门口只剩下三个人面对面干瞪眼。

禄存盯着李沐恩：“你来找我干什么？”

“我也不是特意来找你的。”李沐恩还是气不过禄存之前对她说的话，“只是我肩负着采访你的重任，不得不来。”

“咳咳……”陈思达觉得时机差不多了，开始插话，“是这样的，禄存先生，沐恩是我的女朋友。”

禄存的眉毛挑了起来。虽然这两个人的关系他在上次撞见时就知道了，可是亲耳听到当事人承认又是另一种感受。

他最近一直像个老大爷一样修身养性，没事就养鱼、遛鸟、喝茶、打太极拳，只为抑制自己的情感。可是陈思达一句“女朋友”立刻就让他破了功，许久没有起过波澜的心境开始风雨大作。

现在的他情感波动剧烈，很想打人。

“我听沐恩说，她要自己一个人来采访一个男人。我放心不下，就跟了过来。没想到沐恩的采访对象居然是禄存先生——别人我倒真不放心，不过既然是禄存先生您嘛，我就放心了……沐恩，你看看禄存先生的这张脸，长得多让人放心啊。”

禄存的嘴角抽搐了一下——什么叫我的长相很让人放心？这人是在拐弯抹角地骂我长得丑吗？

禄存努力控制住自己的表情：“不好意思，今天我很忙，不接受采访。”

“别嘛，您看我女朋友这么大老远跑一趟也不容易。”陈思达笑嘻嘻地推着禄存进了院子，“您看我女朋友这么漂亮、这么可爱，您怎么忍心让她空手回去……”

他左一个“女朋友”右一个“女朋友”喊得正欢，可是一抬头，剩下的话就全噎回嗓子里了。

陈思达看见天同正站在二楼走廊上看着他。

这次误会可大了，他惊呼：“天仙姐姐！”

天同冷冷地看了他一眼，转身回屋了。

陈思达急出一身冷汗，拔腿就往二楼跑，还一边喊着：“天仙姐姐，你听我解释！”

“你这男朋友不怎么样啊。”禄存冷笑一声，说起了风凉话，“丢下自己的女朋友就去找别的女人了。”

“我倒觉得他很不错。”李沐恩话里有话，意有所指，“最起码人家有什么事不藏着掖着，大家一起商量。”

说话间，李沐恩已经走进院子里了。

她刚要进屋，禄存就拦住了她：“我告诉你了，我现在没有时间接受你的采访，请你回去。”

“我可以等。”

“那你随意。如果你一定要等，就请你在院子里等，不要打扰我的私生活。”

“好。”

李沐恩指了指院子里的一套石桌石凳。

“我就坐在那里等，等到你有空为止。”

禄存干脆把屋门关上了：“悉听尊便。”

门一关上，禄存就抬腿狠狠地踹了一脚墙。

刚刚陈思达一口一个“我女朋友”的时候，他就已经按捺不住自己了。

好吧，他承认，他的确是吃醋了！

禄存回到自己的卧室，蜷缩着躺了下来，表情阴郁。

房门突然被打开，李桑探头进来：“教授大人，您家有没有螺丝刀？托运木箱上有螺丝，没有螺丝刀的话，我拧不开。”

禄存仍旧蜷缩在床上，一言不发。

见他不回答，李桑干脆走了进来：“教授，您不舒服吗？”

禄存敷衍地“嗯”了一声。

“哪里不舒服？”

禄存的声音闷闷的：“你看不出来吗？”当然是心里不舒服。

“这……”李桑挠挠头，“这我还真看不出来。不过我姐痛经的时候和您现在一模一样，蜷在床上一动不动。”

禄存抄起枕头向他砸了过去：“你给我滚。”

他这么一着急上火扔枕头就更像是痛经了。痛经的时候，心情好才不正常。

李桑轻巧地接住枕头：“可是那件货还没拆箱。”

“快给我滚！”禄存指了指门口，“带着你姐和那个什么陈思达一起滚！不滚扣你绩点分数！”

听到“绩点”两个字，李桑立刻讪讪地笑了起来：“好好好，我现在就滚，马上就滚，立刻就滚，马不停蹄地滚，有话好好说，千万不要扣绩点。”

李桑来到院子里，看到李沐恩正坐在石凳上无聊地发呆：“姐，要不要回去？”

“不了。”李沐恩一口回绝，“我还有事，你先走吧。”

“可是教授让我带你回去……”

“我让你先走，听不懂吗？”

看来老姐的心情也不好。行吧，自己哪边都得罪不起。

李桑只好独自离开。

这时候，陈思达也从屋里走了出来，一屁股坐到了李沐恩对面的石凳上。

“你找到天同了吗？”

“别提了。”陈思达很是泄气，“我一找到她，她就消失了。看来她是真生气了。”

“对不起啊，都是因为要帮我。”李沐恩很不好意思，“要不然今天就这样吧，我们别再演了。”

陈思达一口回绝：“这怎么行？都到这一步了，不继续演不就功亏一篑了吗？”

这倒也是。

“而且我觉得这个计划效果还不错啊。你看刚刚进门的时候，禄存的脸色那叫一个难看。”

你确定他不高兴不是因为你诋毁他的长相？

两人聊得正起劲的时候，禄存再也憋不住，从床上猛地坐了起来。

天色已经晚了，那两个碍眼的人应该走了吧？

他走到二楼走廊，向下看了一眼，鼻子差点被气歪了。

李沐恩和陈思达正面对面地坐在石凳上，看样子聊得很愉快。

这两人居然大晚上的还不走，赖在别人家里谈情说爱？欺人太甚！

禄存抬了抬手，一条拖着橡皮软管的花洒头就飞到了他的手上。那是他用来浇花的工具。因为二楼的走廊是半开放的，站在上面就能很轻松地给院子里的花草树木浇水。

他拧开开关，然后对准石桌石凳开始浇水。

李沐恩和陈思达丝毫没有察觉。他们讨论得正起劲，头顶突然有水浇了下来，把他们整个淋了个通透。

两个人几乎是跳起来的。

李沐恩抬头看向二楼："你干什么？"

禄存眼都不抬："浇花啊。"

这人简直就是脑子里进水了，她气哼哼地说："大晚上的你浇什么花？"

"我就喜欢晚上浇花。"禄存故意气她，"你管我？这是我家，我想什么时候浇就什么时候浇，想怎么浇就怎么浇。"

李沐恩气得咬牙切齿："你！"

禄存吹着口哨，全当没看见。

陈思达虽然不怎么靠谱，但一直以来都很有绅士风度。看见李沐恩正被水淋，他便脱了自己的外套，遮在了李沐恩的头上：“先用这个挡一下。”

禄存看见之后“啧”了一声。

“谢……阿嚏！”

李沐恩第二个“谢”字还没说出口，就重重地打了个喷嚏。

禄存一愣，立刻把水龙头关上了。

陈思达也紧张起来：“李小姐，你是不是着凉了？”

“没事没事……阿嚏！”

禄存把花洒头扔到一边，突然消失不见。下一秒，一楼的房门被推开了。

“进来。”禄存没好气地说，“洗个热水澡，再换身衣服。”

李沐恩和陈思达对视一眼，一起走了进去。

“浴室在那边，衣服就先穿我的。”禄存抬手，把李沐恩头上顶着的陈思达的外套扯了下来，“这件我替你扔了。”

李沐恩被他淋了一身的水，说起话来也没什么好语气：“衣服又不是你的，你凭什么扔？”

“它……”禄存被狠狠地噎了一下，他的确是没有正当的理由，但这并不妨碍他可以梗着脖子瞎扯，“它湿了。”

李沐恩挖苦他：“湿了就要扔？我知道禄存先生不缺钱，可您这样也太浪费了吧？”

“少废话！”禄存打了一个响指，手里就多了一件 T 恤，他把 T 恤塞到李沐恩手里，“进去洗澡！”

浴室的门一被关上，禄存就把手上的那件湿外套丢到了地上，还踩了一脚。

陈思达很无奈："喂。"

禄存挑衅地看着他："不好意思，手滑。"

说着，他又用脚踢了一下那件外套："脚也滑。都怪你们带进来那么多水，把我的地板弄得那么湿。"

"你也不看看是谁害的。"陈思达忍不住腹诽道。

禄存又轻轻踢了一脚那件外套，外套的口袋里突然掉出来一件东西。陈思达弯腰把它捡了起来。

禄存问："那是什么东西？"

陈思达刚刚窝了一肚子火，故意在禄存眼前亮了亮："泡妞神器。"

那是一个小喷瓶。

禄存一听就急了："说清楚点。"

"液体薄荷糖，可以清新口气。"陈思达拿起那个小瓶子，往自己的嘴里喷了两下，然后示威一样向禄存哈了一口气，"随时为接吻做准备。"

这瓶液体薄荷糖他随身带了很久了，却不是为了李沐恩，而是为了天同。

自从和天同第一次见面，他就动了歪心思，一直打着这个上不了台面的小算盘。

没想到在这时候派上用场了。

禄存一愣，问："你们……接过吻了？"

陈思达一看到他紧张的神情就乐了：“还没有，但即将发生。”

禄存气得不轻：“下流，龌龊，不知羞耻！”

“你管我？”陈思达有心要气他，故意学着禄存刚才的口吻，“这是我女朋友，我想什么时候亲就什么时候亲，我想怎么亲就怎么亲。”

禄存被憋得一句话都说不出，扭头就往卧室走。

陈思达在后面喊住他：“你去哪里？”

“回床上躺着。”

“你不舒服？”

“我痛经！”

陈思达愣了几秒，“扑哧”一声笑了起来。

这个反应，怎么可能会是不喜欢？

禄存又在床上蜷了半天，吃饱了闷气。

房门外却传来了电视的声音。

禄存一再告诫自己不要管、不要问，可到底还是没忍住，把房门拉开一条小缝，开始向外偷窥。

陈思达和李沐恩都洗好了澡，又换上了干爽的衣服，正坐在客厅里看电视。

看电视看得无聊了，他们就去拿茶几上的水果和干果。

李沐恩拿了一块水蜜桃塞进了自己的嘴里：“你吃什么？”

陈思达也不客气：“还有干果哎……还有杏仁！我最喜欢吃杏仁了。”

这两个家伙还真是不把自己当外人。

陈思达看了看自己手里的杏仁：“不过这个杏仁好像没开口啊。我没吃过这种哎。”

李沐恩问：“你不会剥吗？”

陈思达诚实地摇了摇头：“不会。”

好嘛，终于让自己抓到破绽了。禄存心里这么想着，就推开了自己的房门，径直走了出去。

他一屁股坐到对面的沙发上，清了清嗓子：“咳咳。”

他这是在提示李沐恩该看自己了。

禄存伸出一根手指，一个杏仁就飞到了他的眼前。他又轻轻钩动手指，那个杏仁就自行裂开了硬壳，里面的杏仁肉乖乖地飞到了他的嘴里。

他是神明，常人看来不可能的事对他来说却是易如反掌。

不过把神明的力量用在这种无聊的事情上的确是杀鸡用牛刀。

“哇哦……”陈思达看呆了，拍手鼓掌，“精彩，厉害，我不会。”

禄存嚼着嘴里的杏仁肉，一脸得意。

好吧，他知道自己现在的行为很幼稚，可他实在太想在李沐恩面前出风头了。

这个陈思达果然是徒有其表，连剥杏仁这么简单的事都不会。相比之下，自己露了这么一手，总能让李沐恩对自己有所改观吧？

果然，李沐恩说：“是挺厉害的。”

还没等禄存开始得意，李沐恩伸手从干果篮里拿出一个干果钳。

“不过咱们有钳子嘛，一样可以用。”

李沐恩把一个杏仁放到干果钳的钳口，轻轻一夹，里面的杏仁肉就露了出来。

“你看，这样就行了。”

陈思达跃跃欲试：“我也试试。”

他学着李沐恩的样子开始夹杏仁。可是他力气太大，杏仁肉直接蹦了出去，重重地砸到了禄存的鼻梁上。

“抱歉抱歉，我这真的是手滑，绝对绝对绝对不是报复。”陈思达叹了口气，“看来我太笨了，剥杏仁比我想象的更难。”

“没关系。”李沐恩从他的手里把干果钳拿了回来，“我剥给你吃。”

禄存还在吃痛地揉着自己的鼻子，就看到李沐恩开始认真地夹杏仁，然后把剥好的杏仁肉递给陈思达。

酸溜溜的感觉又出现了，他说：“喂，我也要。”

“你要什么你要。”李沐恩并不理睬他，“你不是自己会剥吗？而且连手都不用动。”

禄存认真地又摸了摸自己的鼻子。

他觉得自己的鼻子如果不出意外的话应该已经被气歪了。

“不给剥就不给剥，谁稀罕。”禄存气不过，开始继续表演凭空剥杏仁，把可怜的杏仁剥得噼啪作响。

可李沐恩就坐在自己面前，正在给别的男人剥杏仁，自己怎么就会这么个无聊的破技能呢？禄存愤愤地嚼着自己剥的杏仁。

怒火越来越抑制不住，禄存把嘴里的杏仁肉咽了下去：“夜已经深了，你们也该回去了吧？”

李沐恩继续剥着杏仁：“我偏不，除非你接受我的采访。”

“好。”禄存指了指陈思达，“那你让他先回去。”

他实在受够了这两个贴在一起的人了！

陈思达也不是个省油的灯。他嚼着满嘴的杏仁肉，含混不清地说：“我不走，你们孤男寡女大晚上的共处一室，我不放心——”

一句话还没说完，禄存就打了个响指，陈思达直接歪倒在沙发上。

他好像睡着了。

李沐恩抬头望向禄存：“你干什么？”

“放心，只是让他睡了过去而已。他实在太吵了。”禄存站了起来，“想采访我，就到书房去。我们在那里好好谈。”

李沐恩翻了个白眼，从包里翻出笔记本和录音笔，跟着他走进了书房。

书房里有两组用来接待客人的沙发，禄存在其中一组上坐了下来：“请坐。”

李沐恩也坐了下来，将笔记本摊开放在了自己的腿上。

禄存死死地盯着她：“有什么问题就问吧。”

李沐恩清了清嗓子，只用了一秒就恢复了平日里精明干练的形象：“禄存先生，现在公众给予了您很高的关注度。大家最好奇的是，您似乎对出土于须弥的文物情有独钟，甚至不惜花高价购买，请问有什么特别的原因吗？”

“原因你不是知道吗？”

“我需要一个可以公之于众的答案。”

“那就是个人喜好。”禄存不咸不淡地说，“因为我喜欢。”

李沐恩“啧”了一声。

吃干醋的不只是禄存一个。今天她火气这么大，对禄存态度这么恶劣，也是因为嫉妒。

天同告诉她，禄存所犯的错，是为了一个女人亲手葬送了须弥。

那个女人是谁？是他爱的女人吗？到底是多么浓烈深厚的感情，才值得禄存不惜放弃神职和记忆，也要犯下滔天大错？

听见禄存说“喜欢”二字，李沐恩更是没来由地开始吃起了干醋。哪怕她连自己情敌的名字都不知道，哪怕知道五百年已经过去，那个女人早就不在人世了。

真是想想就让人觉得心里不舒服。

采访开始逐渐脱离原本计划的方向。李沐恩不再去看笔记本上那些她精心准备好的问题：“那禄存先生方便透露一下自己的情感状况吗？”

“这也是采访需要？”

李沐恩回答得冠冕堂皇：“公众想知道，我们就要问。”其实采访大纲里根本没有这个问题。

禄存简明扼要地吐出两个字：“单身。”

李沐恩又问：“以前呢？”

她对他的过去真的非常介意。

“以前……”禄存想起了那个叫“明月”的女子，不自觉地清了清嗓子，“我拒绝回答。”

“为什么？”

“我突然觉得不公平。这半天一直是你在问我问题，我也要问你。”禄存说，“你问我一个问题，我问你一个问题，这样轮流提问，怎么样？”

李沐恩想了想，觉得自己也不吃亏：“好。”

“那我就问了。你和陈思达是男女朋友的关系吗？”

李沐恩刚想撒谎，禄存就补了一句：“不要在神明面前撒谎，这关系到你的第三个愿望能不能实现。”

之前禄存答应实现李沐恩的三个愿望，其中第三个愿望就是帮她找到自己的真命天子。

听到禄存这么说，李沐恩变得有些犹豫，开始吞吞吐吐：“其实……男女朋友……也算不上……”

禄存的眼神突然变得十分微妙。

其实仔细想想，李沐恩从始至终都没承认过自己和陈思达的关系。难不成这都是陈思达的单相思，李沐恩对他根本没那个意思？

他压抑住自己心里的狂喜，极力装出一副云淡风轻的模样：“所以只是他暗恋你，你并不喜欢他？”

“我已经回答过你一个问题了，该轮到你回答我了。”李沐恩岔开话题，“你以前有没有喜欢的人？不许撒谎。”

“有……”

“谁？”

“我也已经回答过你一个问题了，现在该轮到我问了。”

禄存果断抛出他最介意的那个问题：“你接过吻吗？”

哪怕已经知道了答案，他还是想从李沐恩口中确认一遍。

不只是陈思达，他还想知道她有没有和别人接过吻，这个念头折磨得他要发疯。

他的妒忌心比他想象的更加强烈。

李沐恩觉得好气又好笑：“这是什么鬼问题，和你有关系吗？”

“当然有关系。”

禄存突然站了起来，走到李沐恩面前。

李沐恩一怔，下意识地往后缩了一下，合上了自己腿上的笔记本。她才不想被禄存察觉自己刚才问的这些出格的问题根本没被写进采访大纲。

可是禄存根本没有在意她的笔记本。他俯下身子，挑起她的下巴。

“当然和我有关系。”他的表情有着李沐恩从未见过的认真，“因为我很在意。”

嫉妒鼓动着头脑，很快就让理智没有了立足之地。禄存知道自己不该说这些话，可是他根本控制不住自己。

“我受不了你和别的男人亲昵。李沐恩，在这个世界上，只有我能吻你。”

李沐恩一愣：“凭什么？”

“就凭我是神明。”禄存开始无理取闹，“神明的话没有人能忤逆。”

李沐恩怔怔地看着他。禄存低下了头，脸越靠越近。

他似乎要吻自己。

李沐恩的心跳突然变得飞快。

扑通，扑通……剧烈到心脏几乎要跳出喉咙。

等一下，如果现在他吻了自己，自己的福运不就没有了吗？想到这里，李沐恩立刻抬起右手挡住了自己的嘴唇。

禄存怔了一瞬，然后轻笑一声。

他继续低下头去，嘴唇轻轻地贴在了李沐恩的手上。

等到他重新抬起头来，李沐恩的脸已经红得特别厉害了。

可是禄存没有作罢，他附在她的耳边轻轻说了一句：“下一次，我可不会这么简单就放过你了。”

第八章

你想嫁到多远的地方

Pengran Xingdong

等李沐恩回到家里，时间已经不早了。

李桑是个夜猫子，李沐恩推开家门的时候，他正吃着饼干看电视：“姐，你回来了？我还以为今晚你不回来了呢。”

李沐恩“嗯”了一声。

察觉到自家老姐今天晚上有点恬静到异常，李桑抬起头来看了她一眼：“姐，你的脸好红哎。”

害羞的红晕还没有从李沐恩脸上消失：“你管我！”

李桑“嘿嘿”笑了两声，从沙发上坐了起来：“姐，你刚刚不会是去找你男朋友了吧？”

听到“男朋友”三个字，李沐恩竟然有种做贼心虚的感觉：“别胡说！”

李桑若有所思：“那看来就是了。姐，你男朋友到底是谁？我认识吗？”

李沐恩张了张嘴，到底没能说出话来。

刚刚禄存分明就是想吻自己。他这是喜欢自己吗？那他现在是不是自己的男朋友？

见李沐恩欲言又止，李桑又说："算了算了，你不说我也不勉强你。我就问一个问题，他家住得远吗？"

李沐恩觉得奇怪："为什么这么问？"

"这个问题很重要的好不好？这关系到你会不会远嫁。"李桑委屈巴巴地看着她，"姐，你要是远嫁，我想看你一眼都难了。"

李沐恩和李桑从小感情就好得不得了。李桑还真不舍得李沐恩以后嫁到外地去。

"嗯……"

李沐恩开始认真思索。禄存是神明，居住在天上的福德宫。福德宫离这里不算近，那应该就是"远"嫁吧。

"挺远的……"

李桑问："有多远？有乌鲁木齐那么远吗？"

"比乌鲁木齐还要远一点点……"

"比乌鲁木齐还远？那有西伯利亚那么远吗？"李桑又问，"姐，你的男朋友该不会是个外国人吧？"

李沐恩不知道该怎么说。

"比西伯利亚还要远一点点……"

"比西伯利亚还要远？"李桑已经不淡定了，"姐，你是找了个外星人，要嫁去阿斯加德吗？"

其实很接近了。她支支吾吾："差不多……"

李桑感觉自己的心理防线都要崩溃了："姐，你是不是遇到什么奇怪的骗子了？"这种胡扯的话自家老姐都能信？

李沐恩连忙解释："其实不是你想的那样——"

"据本台记者报道，经专家确认，近日于荒漠发现的古城遗迹，可以初步判定就是须弥的遗址。"

电视里正播着晚间新闻。听到"须弥"这两个字，李沐恩和李桑齐刷刷地转过了头。

主持人还在继续说着："这项重大发现惊动了社会各界。但由于古城遗址地处荒漠，发掘工作极难展开。据悉，本次古城遗址被发现是由于前几天出现的一场大风。大风将覆盖在古城上的沙层吹散，才让古城得以重见天日。"

李桑立刻举起手机，对着电视拍了一张照片，然后用微信把这张照片发了出去。

李沐恩问："你给谁发消息呢？"

李桑飞快地打着字："我们教授啊，他就对须弥感兴趣。正好，下学期的课题有着落了。"

李沐恩一愣："他有手机？还有微信？"

"有啊。"虽然是一块儿童电话手表。

李沐恩"啧"了一声，又有些生气——自己的情报还不如李桑多呢。禄存居然有手机，还不告诉她！

李桑的消息才发出去，就有电话打了进来："喂？教授？"

"暑假提前结束。你准备一下，过几天跟我去一趟须弥遗址。"

"这么急……"

"废话。这么多人盯着这块肥肉，如果不早点下手，就会让别人抢先了！下个学期你还想不想要绩点了？”

“想想想，当然想。”李桑连忙回答，绩点在前还讲什么尊严？“教授，您的需求就是我的追求，您说去，我就去！”

李沐恩翻了个白眼，禄存居然真的有电话。

“对了，”禄存话锋一转，“你姐已经回家了吗？刚刚她不让我送，真不让人省心。”

“她啊，刚回家……”李桑突然察觉到有点不对劲，“等一下，我姐她……她她她……今天一直和您在一起？”

她不是刚刚从男朋友那里回来吗？

禄存没觉得有什么不妥：“对啊，怎么了？”

“我姐她她她……她男朋友……是……”

李桑正结巴着，李沐恩突然一把夺过他的手机：“是什么是，根本不是！”

李沐恩的表情却完完全全地出卖了她。李桑看着李沐恩涨红的脸，干笑了一声。

为什么他的姐夫会是教授大人啊？！

第二天一早，李沐恩就把关于禄存的采访稿交给了主管。

昨天禄存那个算不上吻的吻害得她失眠了，在床上翻来覆去地就是睡不着，于是她干脆爬起来，整理了一夜的采访稿。

主管略微翻了翻稿子，随即放到一边：“这个稿子先告一段落。沐恩，小胡，我有一个重要任务要交给你们。”

一听到有“重要任务”，李沐恩立刻挺直了腰板：“保证完成任务！”

站在一边的小胡也不甘示弱，跟着拍了拍胸脯：“保证完成任务！”

“昨天晚上有一个突发新闻。前几天被发现的古城遗址被初步判定为‘须弥古国’，这个消息你们知不知道？”

李沐恩和小胡异口同声地回答：“知道。”

“现在外界对这个消息的关注度很高。今天早上，管理层特意研究了一下，我们打算派一个人去实地拍摄记录，但我想事先征求一下你们的意见。你们也知道，这一趟是要去沙漠，危险系数很高，所以一定要考虑清楚……”

不等主管说完，李沐恩就一口答应了下来：“我考虑好了，我愿意去。”

小胡也说：“我也愿意去。”

主管想了个折中的办法：“要不然你们两个一起去？互相有个照应也好嘛。”

“也行，咱们是一个团队，总要有团队意识嘛。”小胡抢在李沐恩之前开了口，后半句却是指桑骂槐的挖苦，“只要别一声不吭先去抢功劳就好。”

李沐恩知道他是在挖苦自己采访禄存没有带上他，独占了功劳。

“那就这么定了。”主管说，“我还要再嘱咐你们几句。你们两个这次可是撞了大运了，已经很久没有这么劲爆的新闻出现了。如果你们运气好，能在须弥古国挖出点东西，搞不好能冲击一下荷赛奖——多少摄影师一辈子都等不到这种好机会。”

李沐恩听到这番话，心里不由得激动起来。荷赛奖是她一直以来的梦想。她曾向禄存许愿，希望自己能获得这个奖项。为此她甚至愿意付出自己远超于常人的福运。

如果真的能拍出可以拿到荷赛奖的作品，那离禄存收回自己的福运也就更近一步了吧。到时候他就能拿回属于自己的记忆和神职，重新成为一个高高在上的神明。

只是那时候，自己就再也见不到他了。想到这里，李沐恩突然叹了口气。

如果真到了那一刻，她该用什么样的表情来和他告别呢？

陈思达在禄存家的沙发上整整睡了一天一夜。

他是被谈话声吵醒的："大人，您真的要去须弥吗？"

听到天同的声音，头脑仍旧昏沉的陈思达努力睁开了眼睛。

睁开眼后，他看到的是禄存的身影。

"我去意已决，无须再言。"

"紫微大人特意嘱咐我给您带句话。"天同毕恭毕敬地说，"现在的须弥，不仅对人来说是禁区，对神明来说也是。"

"这是什么意思？"

"当年须弥灭亡之时，紫微大人曾在那里布下了禁锢法力的阵法。五百年过去了，这个阵法仍然存在——即便是法力再高超的神明，一旦踏入须弥境内，也会法力尽失，与凡人无异。"

说到这里，天同顿了顿："一旦失去法力，就免不了会遇到很多麻烦。”

五百年前发生的事情又浮现在了脑海中。如果当年她没有失去法力，也不会落得如今嗓音尽失的下场。

没人比她更了解失去法力的无助和痛苦。

禄存沉思片刻：“我有分寸。”

“可须弥现在地处沙漠，十分危险。如果您执意要去……那天同陪您一同前往。”

一直眯着眼偷听的陈思达坐不住了。

这还真是天道好轮回。昨天是禄存吃他的干醋，今天恰好反了过来。陈思达不知道这两人过去的交情，但就凭天同甘愿为禄存冒风险，就足够让他直接空腹灌下一坛老陈醋了。

他猛地坐起来，举手报名：“我也要去。”

须弥是什么地方，他们要去做什么，陈思达一点都不关心，他只关心天同的安危。

禄存不悦地“啧”了一声。这家伙还真是死性不改，见一个爱一个。

就这么个东西，李沐恩能看上他？笑死人了。

天同转过身来，看了陈思达一眼，冷冷地说：“闭嘴。陈思达，我警告你，少插手我的事。”

“什么你的事我的事，只要是天仙姐姐你的事，那就是我的事。”陈思达连忙站了起来，想走到天同跟前，“你都说了，在那里免不了会遇到麻烦。有个能干的男人在身边，多少能方便一些——啊！”

他起身起得匆忙，全然没有注意到自己脚下的拖鞋根本没有穿好。

陈思达才走了几步，就一个踉跄向前直直倒去。他的右手下意识地在空中抓了一把，竟还真的让他抓到点东西。

“嘶……”

陈思达结结实实地摔到了地上。他龇牙咧嘴地站了起来，发现自己的手里攥着一条红色的缎带。

正是天同系在脖子上的那一条。

禄存比陈思达反应更快，一眼就看出了其中端倪：“你的脖子……”

天同一怔，下意识地用手捂住了自己的脖子。她白皙的脖颈上竟然有一块狰狞的暗红色伤疤。增生性的疤痕高于皮肤表面，像一张凌乱的蛛网，笼住了她的喉咙。单单看一眼，就能猜到她曾经受到过什么样的痛苦折磨。

这正是当年她在钦天监的祭坛里被暗算时留下的伤痕。

禄存回过神来：“怪不得我苏醒以后从未见过你开口说话。”

原来不是不想说，而是不能说。在他沉睡的这五百年里，果然发生了许多自己意想不到的事。

陈思达整个人呆若木鸡，只愣愣地看着天同的脖子。

一直以来，她都是那样高高在上，清冷淡漠，不食人间烟火。原来她竟然经历过这样的痛苦。

为什么自己没能保护好她？为什么在她遭受痛苦的时候，自己没有陪在她身边呢？为什么自己只是一个凡人，不能和神明一样与天同岁，只能缺席她的过往？

复杂的心情交织在一起涌上喉头，让陈思达的声音都有些颤抖。

“你的脖子……是怎么回事？”

听到陈思达这么问，天同的嘴角扬起了讥诮的笑容，仿佛在嘲笑他的假惺惺。

“陈思达，我之前跟你说过很多次，我很讨厌你。你知道这是为什么吗？”

这段纠缠了五百年的孽缘，是时候画上一个句号了。

陈思达听到天同这么问，语气开始变得迟疑。他小心试探着问：“因为我天天缠着你，让你觉得很烦？”

“错。因为我恨你。”

听到天同这么说，陈思达不由得一愣。

“五百年前，我曾滥发善心，帮助过一位占星官，助他飞黄腾达，我甚至愚蠢到爱上了他。可我没想到，他却恩将仇报，想要我的性命。”

天同挪开自己的手掌，露出脖颈上那个令人触目惊心的伤疤：“这个伤痕就是拜他所赐。”

不祥的预感涌上陈思达的心头，他下意识地咽了一下口水。

天同继续冷冷地说道：“你知道这个人是谁吗？星河观的第一任主人，须弥的钦天监监正，你的祖师爷，声名显赫的占星官星河。此外，陈思达，这个让我恨之入骨的星河……就是你的前世。”

陈思达张了张嘴：“怎么可能……”

他刚刚还在懊恼自己缺席了她的过去，可现在她竟然告诉他，自己是星河的转世，是天同曾爱过的人，还曾经想置天同于死地。

怎么会是这样？

天同冷笑一声，似乎连多看他一眼都不想，转身打算离去：“陈思达，要不是紫微曾经立过规矩，神明不能杀人，我非亲手杀了你不可。”

“五百年前……到底发生了什么？”陈思达说，“这里面一定有什么误会！”

“误会？”

天同转过身来，冷冷地盯着他。

“你不要再骗我了。”她望着他的眼睛，“我再也不要给自己找借口原谅你了。”

天同说完便转身消失了。

陈思达双目怔怔，转身看向禄存。

“厄运神先生，我知道您也是神明。”陈思达恳求他，“您能不能告诉我，五百年前，我到底做了什么？”

“我也很想回答你，但抱歉，我恰好失去了五百年前的记忆。”禄存指了指旁边收拾了一半的行李箱，“所以我打算去须弥，找回我丢失的记忆。”

陈思达语气坚决：“那我也要去。”

禄存看了他一眼：“你？”

“对，我也要去，我要找到五百年前的真相。如果天同说的那些只是误会，我会亲自证明给她看。如果她说的是真的——”陈思达深吸一口气，“那我甘愿接受我应得的惩罚。”

“你一个身娇肉贵的大少爷，还是算了吧。现在须弥的遗址被埋在了沙漠底下，那里危险得很。不是我吓唬你，把命丢在那里都是有可能的。”

虽然禄存不待见陈思达,可他还是拍了拍陈思达的肩膀,耐心劝导。

“泡妞诚可贵，生命价更高。小伙子，你还年轻，以后的路还很长，何必想不开呢？有什么比你自己的命更重要？这世上也没有比死更难受的事了。”

“有。”陈思达抬起手贴近自己的胸口，“被她用憎恶的眼神看着，比死更加让我痛苦。无论如何，我都要知道当年在须弥到底发生了什么事情。厄运神先生，请你带我一起去吧。”

禄存眼看自己已经劝不住他了，只能叹口气道：“好。”

第九章

未曾怦然，便已心动

Pengran Xingdong

“不好意思，小姐，您的行李超重了，需要补交托运费。”

听到机场的工作人员这么说，李沐恩立刻拿出了钱包：“好。”

这样的场景她早已经习以为常。工作的缘故，李沐恩常年奔波于世界各地。出差对她来说是家常便饭，所以每次出差，她都会按照以往的经验带上一大堆可能会用到的东西。

不过也因为这个，她的行李经常会超重。

小胡在旁边不耐烦地看着，“啧”了一声：“女人就是麻烦。”

李沐恩全当没听到，自顾自地办理完了托运手续。

可是小胡还在喋喋不休：“要我说啊，你们女人就不该吃这碗饭。一个女人，天天往危险的地方钻，真不知道你脑子里是怎么想的。你也不看看，做户外摄影师这一行的，有几个是女人？女人就是女人，体力弱，耐性差，遇事就哭哭啼啼的，到底是比不上男人。之前啊，你也就占了个运气好的便宜。等你吃到苦头了，就该后悔没投胎成一个男人了……”

李沐恩打断他：“做好万全的准备不好吗？既然你是这么想的，那就麻烦你以后出差的时候不要再向我借东西。”

相比李沐恩，小胡只背了个背包，可谓是轻装上阵。他习惯了只带很少的东西出差，但是每次到了外地，他总会发现自己忘带东西，然后就只能去便利店买或者借同事的用，经常麻烦别人。

听李沐恩这么说，小胡被噎得翻了个白眼。

“另外，你对于性别的那套高论，我实在不敢苟同。”李沐恩也是憋了一肚子的火，“我进入了一支满是男人的队伍，并不代表着我就要变成男人，也不代表着我只有被男性同化才能获得别人的认可。我是一个女人，而且我为自己的女性身份感到骄傲。我只想证明给你们看，我作为一个女人，可以做到男人做不到的事情。”

小胡的那句“你也就占了个运气好的便宜”的确是激怒她了。一直以来，她都拼命工作证明自己，可是总有人对她辛苦取得的成绩轻描淡写地说一句：“你也就运气好而已。”

运气并不一定是实力的一环。相反，有时候运气还会成为实力的绊脚石。

听了李沐恩的反驳，小胡白了她一眼：“你高兴就好。”

反正他们谁也不待见谁。

一上飞机，小胡就开始呼呼大睡。

李沐恩顺着飞机窗口向外望去，再过几个小时，她就能到达须弥的所在地。

只是她不知道，命运已经牵引着所有的故人回到了最初的起点。

飞机落地的时候已经是深夜了。李沐恩和小胡在一个小旅馆暂时住了下来，打算第二天一早再去租车行租车。

这个偏远的小镇是离沙漠最近的城镇，在这里可以远远眺望到防沙林和沙漠的交界处。要想进入沙漠，就只能从这里租车进入。

可是租车行的老板并不热情。李沐恩和小胡进店的时候他正忙着修理出故障的车辆，头都没抬：“新闻一出来，到处都是要进去找须弥遗址的人，我的生意从来没像现在这么好过。车子已经都租出去了，最后两辆刚被人租走，现在没车。”

李沐恩有些着急：“大哥，您看能不能想想办法，我们真的是非得进去不可。”

老板抬头看了他们一眼，停了下来。

“来我这里租车的都这么说。看你们年纪轻，大哥我给你们一个忠告。这些天进沙漠的人就没断过，可现在也没有人能找到那个什么须弥遗址。这里可是沙漠，有沙尘暴和磁场的影响，管你用什么 GPS 还是指南针，只要进去保准都失灵。那些租车的我都劝过了，想进沙漠可以，别往深处钻，钻了保准得出事，可没有一个能听进去的。”

他用手里的扳手敲了敲自己正在修的车。那辆车不知道经历了什么，已经破烂得不成样子。引擎盖完全凹陷了进去，车身也满是剐擦和磕碰，看起来触目惊心。

“看见这辆车了吗？租车的人怎么都不听劝，结果回来就这样了。幸亏他命大，好歹人没出事。你们年轻人喜欢追求刺激，这倒也无可厚非，可没必要拿自己的命开玩笑。”

“我们不是为了追求刺激。”李沐恩连忙否认，“我们是真的有重要的事需要进去。大哥，能不能帮忙想想办法？”

“你让我想办法也没用。能上路的车都被租走了，剩下的都在维修。”老板指了指那台快散架的车子，“有本事你开这个。”

李沐恩露出了愁容。

老板瞥了她和小胡一眼：“你们就两个人？”

李沐恩点了点头。

“你们要真的想进去，办法也不是没有。刚才来了一行人，把最后的两辆越野车都租走了。他们才四个人，说是想多租一辆多带点东西，做好万全的准备。其实也没必要，越野车的空间本来就大。既然你们只有两个人，可以和他们商量一下，看能不能让给你们一辆，或者你们可以和他们拼车。”

眼下这种情况也没有更好的办法了，李沐恩立刻答应：“好！”

老板摘下了自己沾满油污的白手套：“他们应该还没走远，我联系看看。”

他掏出兜里的手机，走出屋外，打起了电话。没过多久，屋外就响起了一个李沐恩很熟悉的声音。

“不好意思啊，我们教授说，不想和陌生人拼车。”

是李桑的声音。

李沐恩立刻推开门：“你说谁是陌生人呢？”

李桑一愣：“姐，那个要拼车的人是你啊？”

“你们认识啊，那更好，你们自己商量吧。”老板重新回了屋，“我还有事要忙。”

李桑看看自家老姐，挠了挠头：“老姐，你不好好在家里待着，怎么也过来了？”

“杂志社派我来出任务。咱们的目的地一样，都是须弥。”

“既然这样……换成别人的话还真不好说，不过要是老姐你的话，教授应该会答应。反正你和教授是那种关系嘛。”

李沐恩瞪了他一眼：“你说清楚，什么叫‘那种关系’？”

“得得得，你说是什么关系就是什么关系。”李桑指了指门外，“教授大人正在和别人聊天，你自己去找他说吧。”

听到李桑这么说，李沐恩突然想起刚刚租车行老板说过，他们一行有四个人：“除了你和禄存还有谁？”

“除了我和教授还有两个人。其中一个你认得，星河观的陈思达少主，另外还有一个叫天同的小姐姐，教授说是他的助手。”

李沐恩没想到会是他们两个：“天同和陈思达？他们来干什么？”

“不知道。”李桑耸了耸肩，“你得亲自去问他们。”

黄色的沙漠和绿色的防护林拼接在一起，划出了一道清晰分明的界线。

抬眼远眺，目之所及全是一望无际的旱沙。狂风裹挟着砂砾不断翻滚，灼热的日光耀眼到让人睁不开眼。

“禄存大人，刚才租车行老板特意提醒过我们，指南针和卫星定位到了沙漠深处很可能会失灵。”

天同特意换上了一套现代的装扮。她穿了一身红色的裙子，脖子上系着一条红色的纱巾。

“不必担心。”禄存望向沙漠深处，“想必你也感应到了紫微的法力。连现在的我都能感应到，更不要说身为福德宫现任主人的你了。”

五百年前，他被紫微除去了记忆与神职，连法力也被一同封印了起来。现在他身上的法力十不存一，只能算得上是一个低阶的厄运神。

天同垂下眉眼：“禄存大人何必妄自菲薄？”

“事实如此，怎么能说是妄自菲薄？”禄存叹气道，“只是我没想到，短短五百年而已，你的法力修为竟精进得如此之快。想必假以时日，你就能超越曾经的我。”

天同回道：“禄存大人说笑了。就算再过上几千年，天同也无法与曾经的禄存大人比肩。”

禄存轻轻摇了摇头，又望向远方。

哪怕已经过了五百年，哪怕距离如此遥远，可禄存还是能感受到紫微遗留法力的那种令人窒息的压迫感。这就是众神之主的力量。

“真是可怕。”禄存不由得感叹，“也不知道紫微对这里做了什么。”

天同说：“紫微大人在这里封印了您。这也是须弥遗址中会有封印法力的阵法的原因。”

禄存回头看了看天同。

“刚才禄存大人您说，假以时日，天同就能超过您。大人真是说笑了，凭天同的法力，再修炼几千年，也没办法做到将一个国家顷刻变为荒漠。”天同淡然地说着，“话说回来，也不是紫微大人对这里做了什么，而是您对这里做了什么——五百年前，您为了一个叫明月的女子，将整个须弥都埋葬在了风沙之下。”

禄存张了张嘴：“这究竟是怎么回事？”

“天同也只知道这些。五百年前，您被紫微大人封印的时候，我尚逗留在人间。回到神界之后，天同也只是听紫微大人提了这么一句。紫微大人似乎对您被封印的事很忌讳，所以神界无人敢议论此事，天同也不知道更多的详情。”

“将整个须弥都埋葬在风沙之下……”禄存愕然，“我怎么会做出这样的事情？”

“这就要问您自己了。禄存大人，当年您教导得极是，温柔和怜悯果然是很可怕的东西。”天同意有所指，“所以，您打算如何面对李沐恩呢？”

禄存立刻想起那个自己醋意大发的晚上，所有的克制和矜持都被嫉妒碾得粉碎，自己像失去了理智一样，满脑子只剩下想把她拥入怀中亲吻的念头。

他的喉结不自然地动了动：“我说过，这一次，我会弥补自己犯下的过错，然后彻底忘记她。”

“可您似乎不是这样做的。”天同说，“那天晚上，您甚至险些亲吻了她。”

禄存一怔，立刻反应过来：“你用法术偷窥我？”

天同下意识地捂住了嘴，居然说漏了。

其实她的本意并不是要偷窥禄存。那天她站在二楼长廊，远远就看到陈思达黏在李沐恩的身边，还一口一个“女朋友”亲昵地喊着。

陈思达没多久就发现了她，急匆匆地向她奔过来。可她根本不想和他见面，一个转身就离开了。

连她都想不明白，明明自己的内心已经波澜不惊了五百年，为什么一看到陈思达和别的女人亲昵，她的心里竟生出了气急败坏的情绪。

哪怕离开了，她也放心不下。

她索性用手指在空中画了一个圆。那个圆圈里很快浮现出画面，可以看到禄存家中的情况。

她竟然介意到开始用这种不入流的小法术。

陈思达很快来到院中，开始和李沐恩闲聊。

“你找到天同了吗？”

“别提了。我一找到她，她就消失了。看来她是真生气了。”

“对不起啊，都是因为要帮我。要不然今天就这样吧，我们别再演了。”

“这怎么行？都到这一步了，不继续演不就功亏一篑了吗？”

看到这里，她的嘴角不自觉地勾起笑容。

果然是在逢场作戏。她就知道，陈思达即便有这个贼心也没这个贼胆。

天同虽然这么告诉自己，可还是忍不住继续看了下去。

她只想知道陈思达会不会做什么出格的举动。

可是她没想到，陈思达没做什么出格的举动，禄存却做了。

到了最后，禄存竟然把李沐恩压在了沙发里，还在李沐恩的手指上落下一吻：“下一次，我可不会这么简单就放过你了。”

不愧是她师父，段位真高！

相比之下，陈思达根本无法与之同台竞技！这个不争气的东西！

她本打算把偷看的事烂在肚子里，可没想到自己居然直接招供了。

禄存摇了摇头，语气很是无奈："到底是翅膀硬了啊，我居然毫无察觉。我真是小看你了。"

"禄存大人，"天同打算把话题转到别处去，"不管怎么说，天同只想问一句，您真的下定决心要放下李沐恩了吗？"

禄存迟疑了一下："会的。"他指了指远处，"后果就摆在眼前，我不会再犯和当年相同的错了。"

"是吗？"天同反问了一句，"说曹操，曹操到。"

远处果然传来了呼喊声："禄存！"

李沐恩气喘吁吁地跑了过来："天同也在呀，你好。"

禄存看了看跑得上气不接下气的她："你怎么会在这里？"

"杂志社派我来跟拍须弥。"李沐恩说，"我正要和你商量一件事呢。刚刚租车行老板说，你租走了最后两辆车。你们才四个人，哪里用得了两辆。你匀我一辆呗。"

禄存把双臂抱到胸前："不行。"

李沐恩一愣，还是想和他好好商量："那要不然我们拼个车？"

"胡闹！你以为这里是什么地方？这里是沙漠！你知道里面有多危险吗？"禄存不知怎么忽然就来了气，"你这是拿自己的性命在开玩笑！"

李沐恩还是笑嘻嘻的："这不是有你在嘛。有你在，一定没事的。"

禄存咬了咬牙："我不会管你的。"

他必须下定决心和她撇清关系，这样才不会重蹈覆辙，让悲剧重演。

李沐恩仍旧没有察觉到异样："你不用管我啊，我可以照顾我自己。你只要匀一辆车给我就行。"

"我拒绝。"禄存不想再和她多说下去，转身离开，"我是不会带你进去的。"

"喂，你这个人……呼，好端端的又发什么神经？"

冷不丁碰了个钉子，李沐恩觉得有些生气。

为什么她觉得禄存和她的距离总是忽远忽近？问题到底出在哪里？

禄存和天同前脚离开，小胡后脚就跟了上来："你和他谈得怎么样了？"

"不怎么样。"李沐恩不悦，"没谈妥，闹掰了。"

"没谈妥，闹掰了？"听小胡的口吻，他似乎觉得这件事很可笑，"你跟他那种关系他都不帮你？那你这个情妇当得可真失败。"

李沐恩"啧"了一声："你再说一遍？"

"得，当我什么都没说。"小胡举起双臂做出了投降的姿势，"那你说，咱们现在怎么办？"

李沐恩低头沉思，突然看到了挂在自己胸口的铃铛。

"我有办法了。"李沐恩不愧是李沐恩，脑子十分灵光，"咱们先回旅馆歇着，我有办法让禄存请咱们上车。"

小镇上的阳光很毒，所以几乎每个店铺门口都支了一把巨型的太阳伞。客人在店铺里买完东西，就可以到太阳伞下面的椅子上小坐一会儿，休息一下。

禄存和天同惬意地躲在伞下，一边喝着冰镇果汁，一边看着李桑和陈思达汗流浃背地在炎炎烈日下往车里装桶装水和其他零碎的杂物。

“陈思达很卖力啊，看来他是想在你面前好好表现。”禄存下了定论，“爱情的奴隶真可怜。”

天同问：“那旁边那个叫李桑的呢？又是禄存大人您从哪里抓来的奴隶？”

禄存回道：“他可不是我的奴隶，他是学分的奴隶。”

天同轻笑：“还不是大人您滥用职权。”

说话间，那个“学分的奴隶”已经跑了过来，对着禄存露出谄媚的笑容：“教授大人，东西都装得差不多了，您先上车吧。”

禄存点点头，站起身来：“好。”

李桑又屁颠屁颠地跑到后备厢后面，和陈思达一起搬最后的几箱装备。禄存经过他身边，拍了拍他的肩膀，说了句“加油，好好搬”，然后拉开车门，坐了进去。

另一边，李沐恩看了看钟表，觉得时间差不多了，就摇了摇自己脖子上的铃铛。

还维持着坐姿的禄存猝不及防地摔了一个结结实实的屁股蹲儿。

看清周边的环境之后，禄存就知道是怎么回事了：“你干什么？”

李沐恩的回答简明扼要：“我要上车。”

“你做梦！”禄存爬起来，指了指自己脚下，“你就给我老老实实地待在旅馆！”

李沐恩只是耸了耸肩，好像什么都没听见。

禄存瞪她一眼，转瞬消失了。

那一下把他摔得可不轻。禄存一边揉着自己的屁股，一边又从还在搬东西的李桑身边经过：“加油，好好搬。”

李桑一愣，转脸望向陈思达：“我怎么记得教授刚刚已经坐进车里了。难道是我记错了？”

禄存是神明，瞬间移动对他来说是信手拈来的事情，但李桑还不知道实情。陈思达明白这一点，只能打着哈哈帮禄存糊弄过去：“估计是天气太热，把你热糊涂了。”

李桑也没多想，继续搬着东西。

禄存重新拉开车门，坐了进去。可是没出三秒，他置身的环境又变了。

“李沐恩！”

李沐恩还是那句话：“我要上车。”

“你少无理取闹！”禄存的语气里多了些咬牙切齿的味道，“给我死了那条心！”

重新回去之后，禄存又经过李桑的身边：“加油，好好搬。”

李桑愣了足足有好几分钟：“我是不是真的穿越了？”

“哈哈哈！”陈思达干笑，“怎么可能，肯定是你出现幻觉了。”

“不应该啊。”李桑自言自语，“我还没进沙漠呢，就出现幻觉了？”

话没说完，禄存第四次从他身边经过：“加油，好好搬。”

陈思达：“……”

谁爱替禄存圆谎谁给圆吧，他是糊弄不过去了！再糊弄，这孩子就要被糊弄傻了！

不料，李桑这次倒显得很淡定：“哦，我肯定是中暑了，热昏头了。”

他从后备厢里抽出两瓶矿泉水，把其中一瓶递给陈思达：“多喝点水，要不然容易出现幻觉。”

“别不信啊，我刚刚都看见教授在我面前重复走过去好几次了。”李桑拧开瓶盖，狠狠喝了一大口，“过一会儿他肯定还从这里走过去。”

陈思达拍了一下自己的脑门，自言自语了一句：“我要疯了。”

感觉要疯的不只陈思达一个。

俗话说得好，事不过三。当李沐恩第四次把禄存召唤到自己跟前的时候，禄存的心理防线彻底崩塌了。

“你有完没完！”

李沐恩还是那句：“让我上车！”

得，这个女人比自己还有毅力。

禄存叹气，决定好好跟她讲道理：“须弥遗址里有封印。”

“什么封印？”

“能让神明暂时失去法力的封印。也就是说，一旦踏入到须弥古城，我就会变得和凡人无异。”

李沐恩将信将疑：“真的假的？”

“我骗你干什么！”禄存抬手，用指关节在她额头上不轻不重地叩了一下，“所以给我老老实实在这里待着！”

“我不要。被封印法力的又不是我，你凭什么不让我去？”

“凭什么？”禄存觉得好笑，“就凭到了危难关头我保护不了你！”

“可是我来之前就没打算得到你的保护。”李沐恩指了指放在柜子上的相机，“从一开始，我就没有想过依赖任何人。”

“那是因为你没吃过苦。你就是因为身上的福运太多，过于幸运，你才——”

“福运也好，幸运也罢，那都不是我真正想要的东西。它们不是必需品，幸福才是。幸福是靠自己争取来的！所以现在我要到沙漠里面，去争取我的幸福啊。”

李沐恩笑嘻嘻地跟禄存撒娇。

“‘幸福’和‘幸运’原本就是两码事，这不是你教我的吗？”

一瞬间，李沐恩的脸竟和当年那个叫明月的女子有些重合。

禄存不由得失了神。

记忆中那种模糊的感觉又来了，强烈的感情盈满胸膛，只剩下一颗心在剧烈地跳动着。

扑通，扑通……

未曾怦然，便已心动。

“带我去嘛，我们只要两个座位，路上互相有个照应也好啊，多个人多份力量嘛！而且我也是为你好啊。”

“为我好？”

“这次须弥遗址被发现，外界关注度很高。如果真的能在那里拍出点好东西，搞不好我就真的可以拿荷赛奖。”李沐恩向禄存眨了眨眼睛，“早些实现我的愿望，早点拿走我的福运，你不就能早点拿回自己的记忆了吗？”

禄存看了看她，只好答应：“好，跟我来吧。”

禄存带着李沐恩和小胡回到停车处的时候，李桑正和陈思达倚在车身上喝冰水。看到禄存再次从自己面前经过，李桑见怪不怪：“你看，幻觉又出现了吧，这次连我姐都出来了。”

李沐恩听完抬腿就踢了他一脚：“你说谁是幻觉呢！”

不管怎么说，一行人好歹顺利地上路了。

车子有两辆。李桑自告奋勇报名做了司机，陈思达也举了手，打算去开另一辆。

李沐恩把他拦了下来：“我来开吧。怎么说都是我们蹭了你们的车，总不能让我们这种占便宜的人干坐着。”

她才上了车并系好安全带，禄存就拉开了副驾驶座的车门，坐到了她的身边。

其他人都非常自觉地跑到了另一辆车上。

李桑一回头被吓了一大跳：“那边不还有辆车吗？怎么都到我这边来了？”

大家的想法倒是出奇的一致：“不想当电灯泡。”

李沐恩也察觉到了异常，转过头来对身边的禄存开着玩笑：“你看大家多不待见你，都不愿意和你坐同一辆车。”

禄存反问：“你怎么知道大家不是不待见你？”

李沐恩发动车子：“我怎么可能有你招人烦？”

“你招人烦的本事不是一般人能赶得上的。”

李沐恩以为禄存还在为自己死缠烂打缠着他拼车而生气：“好了啦，我道歉，你别生气了。”

“我不是生气。我是真的觉得你烦。”

李沐恩一愣：“你说什么？”

禄存转过头来，一字一句认真地说：“我说我觉得你很烦，我很讨厌你。”

自从上次从李沐恩身上看到明月的影子之后，禄存的内心就越发惶惶不安。他有预感，如果不及时做点什么，悲剧就会重演。

必须把她推开，禄存心想。和她在一起的时间越久，自己就越不能下定决心离开她。

“这次拍摄结束后，你的第二个心愿就完成了。”禄存面无表情地目视前方，“我会尽快帮你找到你的真命天子，完成你最后的愿望。到时候，我们就再无瓜葛。”

李沐恩的脸上浮现出茫然的神色。

上次她去禄存家里的时候，禄存没有压抑住自己心里的醋意，差一点就吻了她。她还以为，他们已经是男女朋友了。

可现在禄存却说：“我会尽快帮你找到你的真命天子，完成你最后的愿望。到时候，我们就再无瓜葛。”

他这是几个意思？

李沐恩觉得自己简直要被气得喷火，开始指桑骂槐："那你最好给我认真找，别给我找一个翻脸不认人的狗男人。"

禄存好像并没有听出她的弦外之意。他只是看向远方，淡然地回了一句："好。"

第十章

我不会输给见不到你的时光

Pengran Xingdong

须弥遗址坐落于沙漠深处，要开上几天的车才能到达。

到了晚上，李沐恩一行在一处沙丘的背面驻扎下来，准备过夜。

简单地吃完自热盒饭之后，大家就回到各自的帐篷里去休息了。帐篷外生着一堆篝火——沙漠环境复杂多变，很有可能会发生突发状况，所以晚上必须要留一个人值夜。

今天晚上轮到李桑值夜。刚吃饱的他晃悠着走到篝火旁，发现那里早已坐了一个人。

是李沐恩。

她仍被禄存气得不轻，连饭都没怎么吃。

李桑在她身边坐了下来："姐，时候也不早了，你回去休息吧。"

"反正也睡不着。"李沐恩干脆躺了下来，"还不如在这里看看星星。"

夜空中繁星点点，她不由得想起之前在非洲，禄存奋不顾身从沼泽里把她救出来的那个夜晚。

同样是人迹罕至，同样是星云氤氲。

星星发出的光辉像河流一样流淌，而他是其中最亮眼的一颗，在自己最危难的时候出现在眼前。

之后这人三天两头就会吃错药，动不动就要和她拉开距离，真是让人越想越气。

正在胡思乱想的时候，一瓶饮料递到她的眼前。

她动了动脖子，看见禄存正面无表情地看着她："把这个喝了。"

李沐恩瞪他一眼："不喝。"

"给我喝光。"禄存不由分说地把那瓶饮料塞到了她怀里，"饭又不好好吃，把这个喝了好歹能补充点能量。"

禄存说完就走了。

李沐恩坐起身来，看着自己手上的功能性饮料。

这家伙，也不像看起来的那么冷血嘛。李沐恩这么想着，嘴角不由得漾出笑容。

"姐，你笑得好猥琐啊。"李桑打了个寒噤，"我鸡皮疙瘩都要掉下来了。"

"少贫嘴！"李沐恩扭了扭身子，挪到李桑的身边，向他扬了扬自己手里的那瓶饮料，"你说，他特意送我饮料，是不是喜欢我啊？"

男人的心思实在太难猜了，她干脆拉了个货真价实的男人陪她一起猜。

李桑听后一脸惊恐："应该不是吧？"

"怎么不是！"李沐恩语气坚决，"他都送我饮料了，肯定是暗恋我，只是不好意思明说！"

"姐，你别吓我！"李桑颤抖着掏出一瓶已经喝了一半的饮料，和她那瓶一模一样，“教授也给了我一瓶……难道他也暗恋我？怪不得他天天半夜给我打电话！”

“不，你想多了，他只是单纯地想使唤你而已。”李沐恩腹诽道。

这时候，李沐恩的肚子发出了“咕咕”声。

“肚子饿就不要逞强啦。”李沐恩还没来得及觉得丢脸，李桑就把手插进了自己的口袋，“正好我这里有应急用的糖。”

李桑从衣兜里拿出几颗糖，不小心把一个圆圆的小东西也带了出来。

李沐恩拾起那个小东西，发现是指南针。指南针静静地躺在她的手心里，指针却来回转个不停，久久都没有指出确定的方向。

“你这指南针坏了？”

“好像是被风暴和磁场影响，这玩意已经失灵很久了。”

“你的意思是说……咱们已经迷失方向很久了？”

这些天来，李沐恩都是跟在李桑开的那辆车后面，完全没有考虑过方向的问题。

“不不不，那个叫天同的小姐姐很厉害，这几天一直都是她在导航。”李桑拍了一下李沐恩的后背，“放心吧，来之前教授就已经做好万全的准备了，一定不会出事的。”

翌日傍晚，一行人停下车，再次开始休息。禄存和天同站在远处，正聊着什么。

禄存问：“已经很近了吧？”

天同俯身从地上抓起一把旱沙，又摊开了自己的手掌，沙子便顺着指缝流了下去。她微微动了动手指，那些沙子就停止了流失，打着旋想要聚拢在一起，聚成一个完整的球。

可沙球才聚到一半，沙子便倏然滑落，流了个一干二净。

她早就察觉到了，自己的法力越来越弱，已经到了无法控制的地步。紫微留下的封印应当就在不远处。

“是很近了。”天同拍了拍自己的手，“看来须弥遗址就在附近。”

话才说完，陈思达就拿着望远镜慌慌张张地跑了过来。

“那边有个像建筑的东西！”不知道是他跑得太快，还是他太激动，他的气息都变得紊乱起来，“呼……也不知道是不是海市蜃楼。”

苦苦寻觅的东西终于有了踪影，连他都不敢相信自己的眼睛。陈思达的话音刚落，众人立刻上车，向他所指的方向开去。

一座破败的古城缓缓地出现在众人的面前。车一停稳，所有人都奔了过去。

天还没黑，落日的余晖正柔柔地照耀着这座古城。站在城外，能看到一栋王宫一样的建筑。

漫长的岁月早已把它侵蚀成一个暮年的“老者”，王宫的墙壁坍塌了，梁柱倒下了，从外面甚至一眼就能窥见里面那个早已脱漆斑驳的王座。昔日辉煌的一切，只剩下断壁残垣。

夕阳正红，橙色的光芒倾泻而下，给已经破败了的须弥古王宫打上了光影。王座背倚夕阳，显得那样固执而落寞。

李沐恩一看到这番场景，就知道这是自己一直苦苦寻找的东西。

沉稳、惊艳，还包含着浓烈的情感，甚至不用文字描述，就能从照片中读懂它的故事。

她抬起相机，按下了快门。

蓦然回首，她看到李桑就站在自己的身后。他呆呆地望着那个王座，眼角流下两行泪水。

李沐恩一怔：“你怎么了？”

“我不知道。”李桑摇摇头，“姐，我不知道我这是怎么了。明明我是第一次来这里，为什么看到这里的景象，我会觉得如此熟悉，又如此难过？”

不得不说，吃摄影这碗饭的确需要天赋。同样是寻找惊艳的画面，李沐恩都已经拍完了，小胡却还像没头的苍蝇一样四处乱撞，遍地抓拍。

一行六人似乎都有自己的打算。从车上一下来，大家就向着不同的地方散开了。小胡漫无目的地转了一圈，也没有太大的收获。他抬头，注意到了天同。

大家都是初来乍到，只能凭着感觉四处摸索。唯有她，就像早已来过这里一样，慢慢地向前走着。

跟在她后面的是陈思达。大概是怕她一个人会有危险，他一直寸步不离地紧跟着天同。

他们两个正在向一座高塔走去。

在这片废墟之中，那座高塔是最高的建筑，也是最为显眼的建筑。其他的房屋虽然已经颓败坍塌，却明显都是被风沙侵蚀的。唯独这座高塔，塔身被熏黑了，还断了半截，显然曾遭遇过火灾。

小胡不动声色地跟了上去。

天同来到这座半截高塔的脚下，向上仰望。陈思达忍不住开口问："这是什么地方？"

"钦天监的祭坛。"天同说着，伸手想要推门，"当年就是在这里，你差点要了我的性命。"

陈思达没料到她会这么说，不由得一怔。而天同发现这里早已被门锁锁住，于是转身离去，打算去往下一个地方。

她连周遭环境都没有查看，就轻车熟路地走向了自己的目的地。

看来这个女人对这里很有研究，跟着她说不定就能找到有爆点的东西。小胡这么想着，紧紧跟了上去。

祭坛位于钦天监的中央，在祭坛周围还坐落着大大小小的别院——那是供钦天监的占星官居住的住所。天同沿着记忆中的路线走下去，很快就找到了自己要找的那座别院。

等到大门被推开，陈思达不由得又是一怔："这个院子……"

这个院子他再熟悉不过了。这里和他居住了二十多年的星河观一模一样。如果非要说有什么不同，那就是星河观的院子中央多了一棵杏树。

"这就是我讨厌你把我召唤到星河观的原因。"天同说，"我不知道为什么这两个地方会这么像，可它总会让我想起不愉快的过往。”

她这么说着，又来到一间屋子前，推开了门。

陈思达知道，那里是藏书阁。

屋里保持着当年的原貌，红木的书桌上还放着被随手搁置的笔记。陈思达拿过来翻了翻，认出了那是星河的字迹。

遒劲有力，俊秀飘逸，和自家藏书阁里珍藏着的星河手稿上的字迹如出一辙。

“放下！”天同命令道，“不要乱动！”

她从陈思达的手里抽出那本笔记，搁到一边，自己却走到了书架边，从第一本开始翻阅。

陈思达问：“你在找东西吗？”

天同一边翻着书，一边点了点头。

“你在找什么？”

“召唤阵。”天同说，“当年星河曾经答应过我，不将召唤阵的阵法记录下来。可既然他是一个言而无信的骗子，那我还是亲自确认一下比较好。”

须弥遗址在五百年后重见天日。这个地方虽然难找，可是既然他们能找到，那就一定还有别人能来到这里。到那个时候，如果召唤阵泄露出去，必然会是个大麻烦。

最好还是在别人没有找到召唤阵之前就亲手销毁它。这也是她执意要跟禄存来到这里的原因之一。

陈思达听后连忙说：“既然他答应过你，那应该就是没有。这里所有的手稿，星河观的藏书阁里都有一份一模一样的，我自幼就翻遍藏书阁所有的藏书，里面根本没有关于召唤阵的记载！”

连他自己也不知道，他这么忙着解释，到底是替星河辩解，还是为自己辩解。

或者是兼而有之。

“哦？”天同抬眼，露出讥诮的笑容，“那你告诉我，凭你这一世愚钝的资质天分，是怎么凭空画出召唤阵的？星河有那样的本事，也是潜心研究了多年才成功的。不要告诉我，你随手画画就有这样的效果。”

陈思达不知道该怎么回答：“我不知道……”

他画符从来不准，哪怕他照着书上的图案原封不动地画下来也会出现偏差。天同说得没错，他资质愚钝，记性不佳，很多阵法哪怕他努力去背却仍然记不下来。

陈思达自己何尝不着急。陈家到了他这一辈，就只生了他这一个孩子。作为星河观唯一的继承人，他从一出生就被众人寄予厚望。可他天分差，常常惹得家中的长辈失望。

他的童年远远没有外人想象的那么轻松愉快。

即便是这样，他也有能成功画出的阵法。

那就是召唤阵。这个复杂奇特的阵法总会在他提笔时不自觉地出现在脑海里，也会不自觉地画出这个图案，一次又一次，一遍又一遍，就像这个图案被刻入了他的潜意识，刻入了他的灵魂深处。

“我不知道，但星河观的藏书阁中确实没有关于召唤阵的记录。”

陈思达说着也走到了书柜前，“我帮你找，我要证明我没有撒谎。”

“住手！”天同呵斥陈思达，“你以为我还会再相信你，相信星河吗？”

陈思达手上一滞，脸上露出了受伤的表情。

他们两个都没有察觉，小胡正趴在窗外，偷听着他们的谈话。

小胡努力竖着耳朵仔细分辨着里面的声音，可惜离得太远，他根本听不清那两个人究竟说了什么。

他的想法果然没错，跟过来是对的——天同直奔这里，一进门就开始翻箱倒柜地找东西，绝对是在找什么很重要的物件。如果自己能拍到这件东西，定能赚足大众的眼球。可是如果自己出现，这两个人绝对会装作无事发生，然后离开，让自己扑个空。如果是这样，还不如等他们找完了，自己再伺机而动。

不过那东西似乎并不好找啊……小胡顺着窗户的缝隙向里望去，那个叫天同的女人辛辛苦苦翻了很久，仍旧眉头紧蹙。

法力被封印了果然很麻烦。想到这里，天同不由得皱起了眉头。这种心里没底的感觉让她想起了五百年前，那个时候她法力尽失，然后便遇到了背叛。

可接下来出现的东西让她的眉头舒展开了。她指了指自己手上的那一页问陈思达：“你解释一下，这是什么东西？”

那是一个复杂的阵法，旁边却没有任何的文字说明，的确很古怪。其余手稿中记录的阵法旁边都标注了名称和用法。

天同冷笑。没有标注，说明星河心里有鬼。这个阵法八成就是召唤阵。

而且这本手稿被藏在了隐秘处，又用锦帛用心包好了，足以证明星河对它的重视程度。

陈思达仔细看了看这个阵法：“我没见过这个图案，但应该不是召唤阵。”

召唤阵他画过几次，脑海里也有点模糊的印象，眼前的这个阵法与召唤阵截然不同。

可天同并不信他说的话，她拿出打火机，打算把那页纸撕下来销毁：“你说不是就不是？”

“等一下！”陈思达拦住了她，“我会证明它不是召唤阵！”

虽然他不知道这个阵法究竟是个什么东西，但既然前世的自己那么重视它，它一定极为重要。

天同的手顿了顿：“你想怎么证明？”

“想知道它是个什么阵法很简单，画一画就知道了。”

桌上笔墨纸砚一应俱全。陈思达卸下自己背上的背包，拿出一瓶矿泉水，倒进砚台里，磨起了墨。

天同嘲讽地笑了：“你倒是对前世的自己很有信心。”

陈思达说：“如果星河有我这么喜欢你，他就绝对不会背弃他对你许下的诺言。我了解这种喜欢的感觉，所以我选择相信他。”

天同一愣，似乎想说些什么，但最终还是没有说出口。

陈思达很快磨好了墨汁。他提笔蘸墨，开始下笔。

这一次他格外小心谨慎，仿照着书上的图案小心地把那个不知名的阵法画了下来。

等他战战兢兢地画完，那个阵法却毫无反应。

天同看见后忍不住又嘲讽他几句，她拿起纸张和书卷："你是不是又画错了？"

可当她把两个阵法拿到眼前就知道自己错了。那两个阵法一模一样，陈思达这次没有画错。

那为什么阵法没有反应？

陈思达皱着眉头看了看阵法，突然开始在自己的背包里翻了起来，他从里面摸出一把瑞士军刀："我知道了。"

天同被吓了一跳："你想干什么？"

"有的阵法需要'引子'。"陈思达说着就要用锋利的刀刃去割自己的手，"一般都是以施咒者的鲜血做引。"

天同刚想拦他，他却已经割了下去。鲜血顺着刀刃落到了阵法上，阵法竟在瞬间发出光来。

"还不够。"陈思达自言自语着，"看来需要用血染满整个阵法才行。"

他又在手掌上割出一道口子，任凭鲜血涔涔流出，点点滴滴地洇湿了符纸。

阵法发出的光果然更亮了些。

小胡在窗外看得并不真切。他只看到屋里的两个人忙活了半天，面前就有什么发出了光。那明显不是手电筒的光芒，看来是什么宝物被找到了。

他没有多想，直接破门而入，抱着相机直直地朝两个人冲了过去：“你们在干什么？”

小胡生怕错过了什么，动作十分莽撞。

陈思达被吓了一跳，随即缓过神来，想把手里的刀收起来，可小胡比他更快，直接撞了上去。

“嘶……”

锋利的刀刃划破了小胡的胳膊，他的鲜血也滴落到了阵法上。

惯性让小胡踉跄着撞向了书柜。他的头重重地磕了上去，直接把他磕晕在地上，书柜上的书籍也哗哗掉了下来，把他埋了个结实。

陈思达和天同刚想去扶他，却看到眼前阵法的光芒突然变强，耀眼到让人睁不开眼。

小胡的血似乎也是这个阵法的“引子”。融合了两个人的血之后，阵法发出的光晕逐渐变大，笼罩住了陈思达和天同。

在白色的光晕中，陈思达看到了星河的身影。他喃喃自语：“我知道这个阵法是什么了……”

是用来保存记忆的阵法。只要鲜血落上去，就能看到曾经的记忆。眼前的景象，应该就是星河的记忆。

“但为什么小胡的血滴上去之后也起了反应？难道他也是前世的故人？”陈思达问道。

天同冷笑了一声：“那是自然。看见他的那一刻我就认出来了，他就是当年那个听你差使、替你动手杀我的人，你的至交、你的属下——胡吉。”

“天同星，五行壬水，寿福德保生主。旦遇此星，如遇贵人，时来运转……您就是我要找的福星！请福运神大人赐福于我！”

“‘杏’与‘幸’同音……想必这就是开运神器！在下一定妥善珍藏。”

“星河只想求一个机遇，希望天同大人赐在下一个能够施展才华的机会。望天同大人成全！”

“只不过以前都是远观，离近了才发现……星星是如此耀眼夺目。”

“您不知道，现在我有多高兴。”

“您的意思是，今后我还可以召唤您？”

“我是想说，既然您喜欢，那么这个院子就不会改变。在您回来之前，它永远都会是这个样子。”

……

一幕幕往事出现在眼前，陈思达看得双目怔怔，天同却在一旁冷笑着。

“惺惺作态。”她用这四个字做了定论。

果然，场景轮转，很快就到了另一个人的记忆。

“你什么意思……”

“意思就是，你根本不配做神明。天同，你甘愿受罚也要帮助星河，到底是因为什么？因为温柔？因为怜悯？可笑。你知不知道，你费尽心机要帮的那个人，一直打的都是这个算盘？他一直想要的，不过是你这一身的神力。天同大人也不要怪在下，在下不过是替星河大人办事而已。天同大人的这身神力，在下会完完整整地交付到星河大人的手中。”

随即就是轰鸣的爆裂声，祭祀台消失在一片火海之中。

天同抬头看向陈思达：“这些事情你都看见了吧。你觉得我应不应该恨你？”

陈思达茫然地抬起头来，定定地望着天同。

天同觉得他这副蠢样子实在可笑，打算离开：“无聊的回忆到此为止了。反正召唤阵也不在这里，我们回去吧，禄存大人该等急了。”

可她才转过身去，衣袖就被陈思达拉住了。

“天同大人，”他张了张嘴，“这不是全部。”

天同不由得回过头。这一世的陈思达一向都是叫她“天仙姐姐”，这个轻佻又可笑的称呼每次都让她暗自发笑。

“天同大人”，这熟悉却暌违已久的四个字，五百年前的星河习惯的称呼。

陈思达已经全都记了起来，他死死拽住天同的衣袖，不肯让她走。

“记忆还没有结束，天同大人，陪我看完吧。”陈思达哀求她，“亲眼看看后面都发生了什么吧，记忆是不会骗人的。”

果然，场景再次更迭。

星河一辈子都没能知道那天晚上到底发生了什么。

那天晚上，星河在祭坛下静候。可祭坛突然坍塌，燃起了熊熊烈火。

他冲进火场去寻人，可灼热的火焰和呛人的浓烟让他什么都看不清楚，最终一无所获。

胡吉被大火烧成了灰烬，而天同回到了福德宫。两人都如同人间蒸发了一般，再也没了下落。

星河仰望星空，看到天同星又重新回到了天上。

看来她平平安安地回去了。

她还说过，要回来看他。

星河满怀着期待等了无数个日夜，却始终没能等到自己想见的那个人。

他终于忍不住了，又提笔画下了当年召唤出天同的阵法。可是画过之后，什么都没有发生。

星河发了疯一样不断描画着那个阵法，一次又一次，一遍又一遍，直到这个图案被刻入了他的潜意识，刻入了他的灵魂深处。但凡他提笔画符，这个阵法总是会不自觉地跑出来。但天同一直都没有再出现。

就好像过往的一切都只是他做的一个梦。

可是星河知道那不是梦。

他一直收藏着一个杏核。那是他和天同初次相遇时，天同送给他的礼物。

“‘杏’与‘幸’同音……想必这就是开运神器！”

“不是，它就只是一个杏核……”

当日的场景又浮现在星河的脑海里。他想起天同天真懵懂的神情，不由得笑了。

不管是什么原因，他都要继续等下去，哪怕等上一辈子。

星河特意研究出一个阵法，一个能记录自己记忆的阵法。他把这个阵法记录在了书卷中，用锦帛包好，放进了藏书阁的隐秘处。

等到他和她重逢的那天，他就把这个阵法拿出来，和她一起看过去的点点滴滴。

星河想就这么和她厮守一辈子。

一辈子很长，足够发生很多事情。须弥消失之后，星河带着自己的门徒迁往中原，并在那里建了星河观。

星河观不大，样式也极为朴素。门徒们嫌不够气派，星河却淡然地说：“这样就好。”

之前他居住的别院已经被埋在了风沙之下，再也无法重见天日。于是，他就另建了一个和以前一模一样的院子。

“既然您喜欢，那么这个院子就不会改变。在您回来之前，它永远都会是这个样子。”

毕竟他以前曾经这么答应过她。

门徒撇嘴：“院子里连棵树都没有，也忒素净了些。”

“说得也是。”星河从怀里摸出一个杏核，“那就把它种在院子里吧。”

“杏”与“幸”同音。想必在这棵开运树的庇佑下，他一定能见到自己想见的人。

世人都知道，大名鼎鼎的大占星师终身未娶，亦无子嗣。他的门徒们知道，他等一个人等了一辈子。

等到最后，满头华发，牙齿松动，满脸皱纹，他仍然没有放弃。只要不下雨，他每天晚上都会到院子里看星星。

星河日复一日地孤坐长夜，看着东方一点点露白，眼角一点点被岁月风干。

他一辈子都没能再见到她，却一直都在默默地注视着她。

不问缘由，从未改变。

天同看了看陈思达，看到他和自己一样泪流满面。

“你……”她有些哽咽，“现在的你……到底是谁？”

陈思达只会叫她“天仙姐姐”，星河才会叫她“天同大人”。面前的人微笑地看着她，让她分辨不出他到底是谁。

陈思达一边微笑，一边流泪，向前一步拥抱住了她：“我是您忠实的信徒。”

他想起了一切。他是星河，是陈思达，是她忠实的信徒。而她是他的“天同大人”，是他的“天仙姐姐”，是他深爱了两世的人。

“我就知道……”陈思达的声音有些颤抖，“我会等到你的。天同，我就知道我会等到你的。”

轮回转世，记忆就会消失。可每次当她出现在他的眼前，都会让他一见钟情。

原来并非偶然，而是必然。

“苦等了一辈子……你为什么要苦等一辈子啊？”天同把头埋在陈思达的胸口号啕大哭，“那可是一辈子啊！你为什么这么傻，一直在等一个根本不会回来的人……”

“对不起，对不起……”哭到最后，她的嘴里只剩下这三个字。

直到现在她才明白，她的温柔和怜悯并没有所托非人。

陈思达退后一步，捧起她的脸，替她擦干了眼泪。

“该说对不起的人是我。为什么我那么轻易地就相信了别人？为什么我把你推到了那么危险的处境？为什么在你出事的时候，我却没能保护你……”他轻轻解开天同脖子上的纱巾，露出了脖子上的疤痕。

陈思达垂下眉眼，轻轻抚摸着那些疤痕：“疼吗？”

天同极力止住呜咽，摇了摇头。

“怎么会不疼呢？”陈思达的眼角又流出了泪水。他低下头去，轻轻地吻了吻那道伤疤。

“天同，我不会再让你遇到这种事情了。”

陈思达说完，突然想起了什么。他转过头来，看向已经昏厥在地多时的小胡。

“胡吉，枉我那么信任你……”他的嗓音里有压抑不住的愤怒，“杀了你都不能平息我的心头之恨！”

天同却拦住了他：“上辈子的事就让它结束在上辈子吧。他在上一世得到了应有的惩罚，死无全尸，已经足够了。”

她看了小胡一眼：“如果他此生仍不悔改，还是心怀嫉妒，坏事做尽，那他必定会落得一个悲惨的下场。善养福德，恶生疾恶，福厄生运，向来如此。”

陈思达只好听她的话，把昏迷不醒的小胡拉了起来。

可当他看到小胡的脸时，神色又变了。

天同察觉到了他的异常：“怎么了？”

“我……又想起了一个前世的故人。”陈思达顿了顿，“禄存先生带来的那个研究生李桑，他的容貌……和……一模一样。”

天同问：“谁？”

“当年我和他一起费尽心思想救须弥于水火，却不料恰恰是我们两个造成了须弥的灭亡。”

天同猜到他说的是谁了：“你说的是……”

“对，”陈思达点头道，“须弥的天子——日轮。还有李沐恩李小姐，她是……”

话还没说完，屋外忽然传来轰隆的声响。

陈思达很快反应过来：“是沙尘暴，快跑！”

弥漫的黄沙可以在顷刻间把一切深埋在地下。别看他们现在藏在屋里，铺天盖地的沙尘暴完全可以直接把屋子掩盖住，到时候他们就只能被困在屋内，慢慢窒息而死。

时间紧迫，陈思达背上仍在昏厥的小胡，带着天同夺门而出。

远处的风沙滚滚而来，不断地延展弥漫，直至遮住苍穹。

“跑，往车子那里跑！”陈思达嘶吼，“快上车！”

天同一边跟着他跑，一边问：“禄存大人他们呢？”

“他们不傻，会跟上来的，先上车！”

第十一章

因为是你，所以心甘情愿

Pengran xingdong

禄存顺着已经支离破碎的楼梯向上走去。

踏上最后一阶，眼前便出现了已经颓败坍塌了的宫殿。禄存走进宫殿大门，看见李沐恩和李桑正站在王座前。

“我不知道。”他看见李桑正在流着泪摇头，“姐，我不知道我这是怎么了。明明我是第一次来这里，为什么看到这里的景象，我会觉得如此熟悉，又如此难过？”

朱色的宫墙，庄严的王座，流泪的少年，这些事物出现在同一个场景里，竟然和禄存记忆中的某个场景重叠了起来。

这种熟悉又难过的感觉，难道仅仅是自己的错觉吗？

禄存失神的时候，李沐恩和李桑回头看见了他。李桑转过身来，背对王座，面向禄存，同样感觉到了一种奇异的熟悉感。

这样的场景仿佛在数百年前发生过。

李沐恩看到李桑和禄存久久对视，眼神中满是复杂的情感。

一个不祥的预感出现在她的脑海。

这两个人，难不成在前世就认识？

难道李桑的前世就是禄存曾经喜欢的那个女人？那么她最疼爱的

亲弟弟岂不成了她的情敌？

正在她胡思乱想的时候，远处隐隐传来了声响。透过已经坍塌的墙壁，李沐恩看见遮天蔽日的黄沙正缓缓向这边涌来。

危难关头，还是禄存反应快："是沙尘暴，快跑！"

李沐恩有些慌了手脚，禄存冲上前来，拉着她和李桑向外跑去。

"不想死在这里就赶紧跑！等一下就来不及了，会被活活埋进沙子里！"禄存高喊，"往车里跑，开车全速错开风暴的运行轨迹就有生还的可能！"

幸亏李沐恩和李桑回神够快，三人立刻向越野车跑去。

即将跑到车子跟前的时候，他们遇到了同样匆忙跑来的天同一行。五个人在这时候展现出了惊人的默契，陈思达和天同一起把小胡扔进车子后座，几乎是同时，李桑钻进了驾驶座，发动了车子。

另一辆车上，李沐恩也很快踩下油门。越野车发出了响亮的轰鸣声，车轮飞溅起许多沙子才冲了出去。

"向那边开！"禄存冷静地指出了方向，"试试看能不能冲出去！"

李沐恩立刻猛打方向盘，一脚把油门踩到了底。

李桑心领神会，立刻紧跟在李沐恩的后面。

李沐恩努力保持镇定，但颤抖的双手已经出卖了她。她很怕，那是当人直面死亡时无法避免的恐惧。

恐惧蔓延到她全身，哪怕她咬紧牙关，牙齿还是不住地打战。

风沙移动的实际速度比看起来更快。身后已经有灰蒙蒙的一片压过来了，天空被分割成了两半，一半湛蓝，一半昏黄。灰色强行挤占着蓝色，四周的空间转眼间被沙尘一口吞噬。

只有太阳还在挣扎，在昏黑的天空中忽明忽暗，最终被完全掩盖。周遭天昏地暗，飞沙走石，天地间陡然昏暗。

连挡风玻璃也被黄沙掩盖住了。

李沐恩惊出一身冷汗，手脚几乎要脱力。完了，逃不掉了，她也好，禄存也好，身后那辆车上的四个人也好，大家都逃不掉了。

“别怕。有我在，没事的。”一片昏暗之中，禄存开了口，“我不会让你死在这里。”

哪怕知道这只是安慰人的话，李沐恩还是没来由地觉得安心。

骇人的沙尘暴还在铺天盖地地撕扯着黑暗中的一切。砂砾拍打在车身和车窗上，发出“啪啪”的声响。巨大的阻力突然出现，推搡着越野车不肯让它继续向前。

一股暗流涌来，直直地撞向了车身。车子突然一抖，吓得李沐恩尖叫出声，下意识地闭上了眼睛。

“别怕！睁开眼！”

禄存这么喊着，抬起了自己的手。

李沐恩的声音里已经带了哭腔：“你想干什么？”

禄存向她笑了笑：“带你出去。”

他的嘴唇微微翕动，口中念念有词，似乎是在念某种咒语。

“破！”

禄存大喝一声，面前的重重沙影竟然真的被炸开一道缝隙，露出些许光芒。

李沐恩还来不及高兴，割不断也砍不破的黄沙便再次弥漫而来。

禄存突然咳嗽一声，吐出一口鲜血。

李沐恩一怔，立刻想起禄存之前曾对自己说过，这里被布下了封印，法力在这里统统都会失效。

如果强行施咒，就会是他现在这个下场。

疼痛在心肺中弥漫开来，禄存下意识捂住了自己的胸口，脸上露出痛苦的神情。

“你没事吧？”

禄存对李沐恩的问候置若罔闻。他又抬起了自己的手，再次大喝一声：“破！”

这次的效果更是微乎其微。风沙只是敷衍地涌动一番，随即又扑到了他们的面前。

车子终于扛不住风沙的进攻，车轮在空转几圈后彻底停了下来。

而禄存嘴角的鲜血更多了。

禄存还想再试：“破——”

话未落音，禄存的胳膊就被李沐恩打了下去：“你疯了？不要命了？！”

“不然呢？”

禄存转过脸来看着李沐恩。虽然他极力想挤出温柔的笑容，可疼痛还是让他的表情变了形。

“难道你要我眼睁睁地看着你死在这里吗？那还不如搏一搏，兴许还有一线生机。”

“那你就要自己去送死吗？”李沐恩呜咽不止，“你丢下我一个，让我怎么办？”

“你会逃出去的，就算搭上我这条命，我也会把你们都送出去。”

他的嘴角还流着血，笑容凄惨。

“早知道是这个结局……李沐恩，我很后悔。如果早知道是这个结局，我绝不会为了那些无聊的事迷茫。我爱你，就应该紧紧抱住你，绝不把手松开。”

到了这个时候，有些话再不说出口，就永远没有机会说了。

“一开始，我觉得你很烦。”禄存轻笑，疼痛已经让他的声音变得虚弱，“你实在太难被搞定了，鬼点子多，身上还带着那个烦人的铃铛……那时候我就在想，我可能永远都没办法和你和平共处。

“可是后来，连我自己也弄不明白，为什么自己的目光总在不自觉地追随你。我也说不清到底是在何时何地，看见你哪副模样，听到你说哪句话，就爱上了你。目光和心跳都是随你而动。那时候我在想，难不成我爱上了一个凡人？听起来真可笑，神明分明是没有情感的。

“但当你在沼泽遇难的时候，我就发现这份感情不是错觉。看见你身处险境，我居然那样紧张。那是我第一次感到‘恐惧’——李沐恩，我害怕失去你。

“我想为你做很多很多的事。我打探了你的家庭，你的工作，你的一切一切。当我得知那支簪子对你意义非凡的时候，我高兴坏了——沐恩，我很幼稚，我想在你面前立功，我想让你对我刮目相看，我想让你爱上我。

“可是当你戴上那支簪子，我却发现你和我记忆深处的一个女人那么相似。这个时候，紫微来到了我的面前，把我的记忆还给了我——我果然曾经深爱过那个女人。沐恩，我很害怕，我怕我会让五百年前的悲剧重演，也害怕你知道这件事之后会觉得我只是把你当成她的替代品——可是沐恩，我真的想不起她。我拼命回忆，却连她的样貌都想不起来。我爱你，只因为你是你。”

“别说了。”李沐恩早已泣不成声，“你在流血，别再说话了。”

“我不后悔为你豁出这条性命。沐恩，我只后悔自己之前没有拥抱你、亲吻你。再亲口告诉你一句，我爱你。正因为我这么爱你，所以你一定要活下去——沐恩，不要哭，向前看，继续开，一定要逃出去！你身上有那么多的福运，一定可以平安无事的！”

他再次张开臂膀，神情是那样决然。

“别看我，看着你身后要带出去的人，看着前面逃生的路，别看我！”

李沐恩回头望了一眼。李桑驾驶的那辆红色越野车也被风沙逼停了，就停在他们身后的不远处。

“无论你身边发生了什么，都不要回头。沐恩，记住，别回头！”

禄存咬着牙，准备拼尽全力再试最后一次。

“破——”

这个字还没说出口，李沐恩便扑了过来，用胳膊环住他的脖颈，落下一吻。

禄存听见她的声音轻轻响起。

“身后是你，我怎么可能忍住不回头？”

她有些瘦弱的身体发出光来，笼罩住了两人。

禄存感觉到自己身上的伤痛竟在飞速愈合。李沐恩吻了他，也把自己身上多余的福运交还给了他。、

与此同时，脑海中那些模糊的记忆逐渐变得清晰起来。

“放心吧。”和明月分别时的场景又在脑海中浮现出来，“我不会输给见不到你的时光。”

这一次，他看清了明月的脸庞。

那样熟悉的眼睛，那样熟悉的鼻子，那样熟悉的嘴巴，那样熟悉的一张脸。

竟然是李沐恩的模样。

失去的记忆终于全部回来了。

当年的禄存被紫微判罚在福德宫禁足一年，不得外出。

在这一年里，他只能面对一面空空如也的墙壁，独自思过。

“我等你回来。”

和她分别时，她对自己这样说。想到这里，禄存不由得扬起嘴角，微笑起来。

只要熬过这一年，自己就能重新见到她，拥抱她，亲吻她，对她

说自己有多爱她。

因为有这个念头，寂寞和孤独也就没那么难熬了。

禄存在墙上画起了“正”字，一日一笔，一天一画。他用力来回描着每一个笔画，仿佛这样时间就可以过得快一点。

等到第三百六十五道横线画完，禄存松了口气。

自己终于能够见到她了。原来她说得没错——爱不仅仅是从两个人在一起的时间里诞生的，更多的时候，它会在无法见面的时光里萌芽。

每当见不到你，每当想起你，我总会更加爱你。

可当他满怀期待地回到人间，却四处都找不到明月。

他的明月已经死了。

她是被活活烧死的。那些人唯恐熊熊烈火烧不死“妖女”，便让大火燃烧了数天，直至她变成灰烬。

到头来，竟连尸骨都没能留下。

禄存踏上那片黑白灰烬，从里面捡出一个铃铛。

为了让明月随时随地都能找到他，他特意在铃铛里注入了自己的法力。因为这个，这个铃铛才从大火中幸存了下来。

禄存看到铃铛上沾染了些许深褐色。那是明月的血，溅到铃铛上，又被烈火炙干的血渍。

“下次见面，你就可以用它来召唤我了。”

他曾对明月说过这样的话。

禄存的手指开始不受控制地颤抖，眼泪也不受控制地流出眼眶。

最可怕的还是胸口，那里忽然变得无比剧痛，让人痛不欲生。

在那一瞬间，禄存明白了什么叫作愤怒、痛苦、绝望和憎恨。

他把那个铃铛妥帖地收藏起来，想要离开，可是脚步却不听自己的使唤。

他浑身发着颤，脚步虚浮，踉踉跄跄，几欲栽倒。

铃铛随着他的脚步发出了轻微的响动。

“丁零——丁零——”

一步一响，一步一想。

每一声铃音都会让他想起她的音容笑貌。

禄存突然跪倒在地，发出撕心裂肺的嘶吼。

他所遭受的痛苦，绝对要加倍奉还。

烧死“妖女”之后，旱情并未减轻。

须弥原本就地处荒漠，常年缺水。这一年来，更是莫名其妙就受了灾。先是发了一场洪涝，然后又是近一年不曾降雨，整个须弥民不聊生。

日轮皱紧了眉头，正在朝堂上和诸位大臣商量对策，沉重的宫殿大门却“砰”的一声被炸开，一个男人从门外缓缓走了进来。

这里是戒备森严的皇宫，眼前这个男子却如入无人之境。

朝堂上一片死寂，随即响起了窃窃的议论声。大家都想知道，这个突然出现的男人是何许人物。

日轮心里也有同样的疑虑：“堂下何人？见到朕为何不跪？”

“我乃福德宫主人，福运神禄存。”禄存冷笑着自报完家门，反问道，“区区凡人，见到神明，为何不跪？”

他是来寻仇的。仇恨遮蔽了他的内心，让他忘却了一个神明应有的理智。

听到禄存的回答，日轮自然不信：“一派胡言！侍卫，把这个狂徒拿下！”

御前侍卫闻言而动，提着刀剑向禄存汹汹而来。

禄存又冷笑一声，微微抬手，那些侍卫还没来得及近他的身便凭空飞了出去。

“我原以为你只是年纪小，不知礼数。可现在看来，你根本就是愚不可及。有你这么一个愚昧君主，须弥如何能够历经千秋万岁？”

日轮心说不好，眼前的这个人果真不是善茬。可他到底是一国之君，胆识总比常人要强一些。哪怕双腿有些发软，他仍然壮着胆子佯装淡定：“阁下前来所为何事？”

“所为何事？”禄存道，“问得好，我是来复仇的。”

“朕从未见过阁下，何谈有仇？”

“怎么会没有仇？你杀了我最爱的女人。”禄存斜眼望了一眼朝堂上的大臣们，“而你们，全是帮凶。”

这句话一说出口，朝堂上的群臣就乱了套。这个突然出现的男子来历不明，可确实是有常人没有的本事。他怀揣着杀心而来，难保不会要自己的性命。

那些胆小的大臣不顾礼数，直接夺门而出，一心逃命。其他大臣见状纷纷效仿，一个个都跟着跑出了宫殿。

一时间，宫殿中只剩下禄存、日轮和星河三人。

“一群懦夫，只知大难临头各自飞。”禄存冷冷地开口，“明月，这就是你要救的人。”

一旁的星河静观了许久，恍然大悟。

原来是他错了。他算出明月就是那个惹得禄存星有异变的诱因，却没料到真正的诱因却是明月的死。

哪怕他竭尽所能地干预，命运还是在按照既定的轨道运行。他所做的一切，不仅没有阻止悲剧的发生，反而将命运猛地向前推进了一把。

星河的脸上布满了涔涔的冷汗。事到如今，他只能想办法先保全日轮的性命。

“你就是日轮？”禄存再次开口，“就是你下令烧死了明月？”

“禄存大人！”星河“扑通”跪地，做出一副虔诚的姿态，“在下乃钦天监占星官星河，请禄存大人允许在下赘言两句！”

禄存微微眯眼道：“说。”

他倒要看看，死到临头了，这群人还能再狡辩些什么。

“明月姑娘的死……实属意外。”星河努力辩解，“明月姑娘身上有太多的异常，先是她家枯井出水，后是容貌变样。而且这些异象，全都恰巧发生在须弥受灾之前——所以百姓们便误以为她是妖孽。烧掉妖孽，这是民心所向，实在怨不到天子头上……”

禄存打断他：“一年之前，须弥连受数月旱灾，滴雨未落。到了入秋的季节，天上突然下了一场雨。你们知不知道，这场雨是怎么来的？”

星河和日轮对视一眼，禄存恐怖至此，他们不敢多说一句话。

“那场雨，是你们烧死的那个‘妖女’向我求来的！是她苦苦哀求我，说不忍看到须弥百姓受苦受难，我才不避讳紫微的惩罚，私自降雨。民心所向？好一个民心所向！她这么帮你们，你们却这样回报她！”

为了这场雨，他忍受了一年的孤独和寂寞。

原本他一直在想，到底是什么样的结局，才配得上他的苦苦等候。

结局却是造化弄人，难再回首。

明明她什么都没有做错，明明她是那样无辜。

“毁了吧，干脆都毁了吧，明月，不如就让这些愚蠢的人都感受一遍你的痛苦。”禄存突然轻笑一声，“这个无聊又愚蠢的世界根本不值得你去爱。”

远处隐隐传来风沙的轰鸣声。巨大的阴影笼罩住了天地，禄存漆黑的双眸中闪烁着疯狂和绝望。

“你只要爱着我就够了。”

天地变色。

简简单单的四个字，却惹得四处都是惊恐的呼叫和哭号。

遮天蔽日的风沙裹挟着愤怒和绝望在瞬间淹没了整个须弥。禄存悬于半空，冷漠地观望着地面上那番人间地狱般的惨象，目光仿佛在蔑视蝼蚁。

他冷眼看着地上仓皇四散的人群。致命的风沙步步逼近，眼看就要把这些人生吞活剥。

“禄存！”

紫微的声音在背后响起。与此同时，那些风沙如同被点燃一般，倏然爆裂，四散开来。

看见那些人死里逃生，紫微暗自捏了一把冷汗。

“禄存，你在干什么？”

禄存转过身来，神情冷漠如旧：“替她报仇。”

看见他的眼神，紫微不由得心惊。禄存到底还是明白了什么叫作愤怒、痛苦、绝望和憎恨。

“你要让整个须弥给她陪葬？”

“对。她这么热爱这些人，想要帮助这些人，这些人却用这样的方式来报答她——他们罪有应得！”

“你这是在杀人！”紫微呵斥他，“神明杀人是大忌，会被剥去神职和记忆，遭受无尽的刑罚和痛苦……”

禄存闻言只是笑了笑：“我早就不配做神明了。”

自从她葬身在烈焰之中，他就失去了做神明的资格。

“胡闹！禄存，你现在是不是不清醒？你这是在作茧自缚，自讨苦吃！”

禄存微抬眉眼：“作茧自缚如何？自讨苦吃又如何？”

他甘愿作茧自缚，自讨苦吃。

风沙忽而变得更猛，似乎要把地上的一切都湮灭。紫微眼见他已经失去了理智，只能默念咒语，大喝一声："移！"

地面上那些哭号挣扎着的人忽然接连消失了。

禄存望了望紫微："你在救他们？"

紫微咬牙切齿："难不成你要我眼睁睁地看着你犯下杀人的罪孽吗？住手吧，你犯的罪孽已经足够多了！"

一道笔直的白光赶在风沙之前横扫了须弥，但凡被这道光芒照到的人都消失不见了。禄存知道这是挪移的法术，紫微已经把这些须弥百姓转移到了安全的地方。

紫微在拼命地阻挠他越过最后这道不可逾越的底线——一旦禄存杀了人，那就真的不可饶恕了。

"我犯的罪孽已经足够多了？可是我仍然觉得不解恨。"禄存指了指自己胸口的位置，"这里仍旧很痛。"

她的身影在自己的脑海里挥之不去，慢慢化成了满腹的委屈。他想失声痛哭，身旁却无人可倾诉。

这种感觉就像肺腑里被放置了无数尖锐的针芒，拉拉扯扯地刺痛着每一处，还不如直接把一把尖刀捅进去来得痛快。

紫微的声音冷了下来："禄存，你若执迷不悟，我就只能不留情面了。"

禄存仍然不听劝阻："紫微，我向来敬你，却从不畏你。"

黄沙已经吞噬了须弥的最后一块国土，整个国家在顷刻间湮灭了。

可风沙同禄存的怒气一样没有停歇，紫微再次默念咒语。这一次他没了伤及无辜的顾虑，直接召唤出一个巨大的封印阵，从空中直直地压到地面。

禄存猝不及防，被打落到了地面。

“停手吧，禄存，这是封印法力的阵法。”紫微下了最后的通牒，“把风沙和仇恨都收起来吧。你这是在寻死！这世上能活下去的路有千千万万条，你何必非往死路上撞——”

禄存却说：“我没打算回头。”

是啊，这世上能活下去的路有千千万万条，可偏偏她是他的在劫难逃。

略有停息的风沙再次腾起，哪怕现在的须弥只剩下一座空城，禄存却仍未打算停手。他非要看到这里被风沙完全掩盖才甘心。

紫微眯起眼睛：“你是想亲身试试我的阵法吗？”

他的话音刚落，禄存便吐出一口鲜血。

如果在阵法中强行施咒，就会是这个下场。

“如果换作平时，你也许能挣破这个阵法。可刚刚的那场风沙已经耗光了你的力气——禄存，我也不想下手太狠，直接要了你的性命。”

光芒化成了锁链，将禄存牢牢捆了起来，让他动弹不得。

“跟我回命宫领罚吧，禄存。”紫微的声音凛然如冬，“这笔账我要好好跟你算一算。”

禄存被紫微带回了命宫。

在这所神界中最庄重的宫殿里，禄存沉默地跪在大殿中央，一言不发。

他已经遭受过了刑罚——最直接也最切实的皮肉之苦。巨大的痛楚从伤口处清晰地传来，让他脸色惨白，嘴唇发干。

可紫微并没有这么轻易地饶过他："禄存。"

禄存只是淡然地抬了抬眉眼。

"根据规矩，我要剥除你的神职。从今往后，你再也不是福德宫的主人——现在你后悔了吗？"

禄存动了动嘴唇："不悔。"

"真是个不知悔改的倔东西！"紫微恨铁不成钢，"难道你要再爱上一个女人才愿意从眼前这个泥潭里拔出脚来吗？"

"不会了。"禄存淡淡地回道，"只要我的记忆里还有她，就不会再爱上别人。"

"很好，很好。"紫微恨恨地咬了咬牙，"不知悔改，那就加罚！再封印你的记忆和法力——不，干脆连你也一起封印起来好了！"

禄存只是定定地看着他，头颅不曾垂下半分。

紫微抬手，指尖上悬了一个银铃铛。

"那你就在这里面好好思过吧。"

一声清响之后，禄存便消失了。

"我该拿你怎么办啊？"紫微望着那个铃铛开始叹气，"难道真的要让你再爱上一次，你才能意识到自己的错误？神明的爱，不是区区凡人可以承受的，除非这个神明能在强烈的爱意中保持理智，不失该有的公正——禄存，这个道理你什么时候才能明白？”

“明月……沐恩。”

记忆如潮水般涌来，往日的点点滴滴全都回到了脑海，禄存下意识地搂紧了李沐恩。

恢复记忆的不只是禄存。李沐恩问：“刚刚我看到的那个和我长得一样的人……是我吗？”

原来在五百年前，曾经发生过那么多的故事。

“是。”禄存嗓音喑哑，“那是前世的你。”

上一世的你是我最爱的人，这一世的你仍然是我最爱的人。即便重新来过，我也会无可避免地爱上你。

这也许就是所谓的宿命。

风沙仍然猛烈地冲击着越野车。一阵狂风袭来，李沐恩面前的挡风玻璃裂开了。防碎玻璃固执地粘连在一起，继续拼死抵抗着。李沐恩不由得尖叫了一声。

“不用怕。”禄存轻声安慰她，“我的法力已经和记忆一起回来了。”

他一手抱住李沐恩，另一只手伸到前方：“破！”

这一次，风沙彻底偃息，天空重新显露出湛蓝。

昔日的禄存重返人间，轻而易举地破除了这个已经历经了五百年的古老封印。

等到风沙停定，后面车上的人都纷纷下了车，向这边赶来。

李沐恩在后视镜里看到了李桑。她突然抓住了禄存的手："上一世的日轮……他怎么样了？"

禄存回答："须弥国破，他这个天子也变得有名无实。他的余生，大概都是在后悔中度过的吧。毕竟是因为他决策失误，才害得须弥从这个世界上被抹去了痕迹。"

"那上一世的事就不要告诉他了。"李沐恩恳求禄存，"这一世他是我最疼爱的弟弟。前世既然已经过去了，那就让它过去吧。"

禄存认真地看着她："上一世我就是因为拒绝不了你的请求，才犯下那么多的过错。我不会再无条件地答应你的请求了。"

李沐恩一怔。

禄存却狡黠一笑："除非你贿赂我。"

说完，他低下头去，作势要吻李沐恩。

李沐恩猛地把他推开："你还想赐福给我？你不怕再出岔子了？"

"这次的吻不一样了。"禄存又缠了上来，"这一次，既不是赐予福运，也不是收回福运，而只是一个纯粹的吻。"

这一次，他吻她，只是因为他想要吻她。

陈思达是第一个跑到车前的。他刚想拍打车窗问禄存他们有没有事，却看到两个人拥吻在一起。

好嘛，刚刚他们吓了个半死，一心只想逃命，结果这两口子这么心宽，都死到临头了还有心思接吻，佩服，佩服！

李桑也紧跟了上来：“姐！姐你没事吧？”

陈思达一把把他扯到一旁：“小孩子不要随便乱看。”

“谁是小孩子，我二十多了好不好！”李桑听陈思达的语气就知道车上的两人平安无事，暗自长舒了一口气，“里面有什么？让我看看——你推我干什么？让我看看嘛！”

“看什么看。”陈思达直接把他推走，“回去给你姐准备嫁妆去吧！”

好不容易把李桑轰走，陈思达又吹着口哨佯装路过，若无其事地敲了敲禄存的车窗。

禄存把车窗玻璃摇了下来，语气不悦，明显是不满被他打扰：“干什么？”

陈思达没说话，扔给他一个东西。

是那瓶用来清新口气的液体薄荷糖。

禄存一看自己手里的东西就乐了：“谢了，兄弟。”

李沐恩显然很好奇：“那是什么东西？”

禄存嘿嘿一笑，扬了扬自己手里的小喷瓶：“你喜欢薄荷的味道吗？”

李沐恩立刻领会到了他的意图，脸色涨红：“不喜欢！”

“我觉得也是。”

禄存一扬手，把那瓶薄荷糖丢到了一边。他再次抱住李沐恩，眷恋地嗅了嗅。

“因为我也更喜欢你原本的味道。”

这个味道让人如此怀念。

暌违五百年，他终于找回了自己挚爱的人。

第十二章

“幸运”和“幸福”

“李沐恩小姐，请您做好上台的准备。”

李沐恩也算是经历过大风大浪的人，可她现在竟然有些紧张。

从须弥古城拍摄到的那张旧王座的照片引起了一时的轰动，她把这张照片命名为《余晖》。

这张名为《余晖》的佳作帮她赢得了荷赛奖的入围提名。

为此，李沐恩特意飞到了阿姆斯特丹，忐忑不安地等待着结果的揭晓。

她坐立难安，从手提包里拿出补妆的气垫粉底，对着上面的小镜子看了又看。

“我最近是不是晒黑了？”李沐恩忧心忡忡地对身边的禄存说，“我怎么感觉自打从须弥回来，我就越来越黑了——”

她猛然想起一件事情：“我想起来了，你把福运收回去了！那我会不会变回上辈子那样，又黑又丑？”

禄存安慰她：“别想太多。亲爱的，你可是去沙漠逛了一大圈，不被晒黑才不正常吧？”

“你少骗我！”李沐恩更加坐立难安起来，开始翻来覆去地查看自己的脸。

很快，她就有了新发现："这里还长出来一颗痘！我原先很少长痘的！"

禄存揉了揉自己快要被她震聋的耳朵："亲爱的，你这几天因为有可能获奖，天天晚上兴奋得睡不着，长出来一颗痘也算不上奇怪……"

李沐恩都要哭出来了："才不是！肯定是因为我的福运被收走了，所以我就要被打回原形了！"

"噗！打回原形？你是什么妖怪吗？"

李沐恩愤愤地瞪了禄存一眼："你还笑！我倒要看看，到时候我变丑了你还会不会喜欢我！"

"我第一次遇见你的时候你也没有多漂亮嘛，你介意什么！"

这句话简直是火上浇油，她气得瞪大了眼睛："禄存！你行！"

"好好好。"禄存也反应过来自己说错了话，女人还是要哄着，"如果你这么介意……那我再偷偷送给你一点福运？不会让紫微发现的，只要一点点，就可以让你变得很漂亮——"

"不要。"李沐恩一口回绝，"把你那些危险的想法给我收起来！"

禄存看到她这副紧张兮兮的样子反倒笑了："当然是逗你玩的，还当真了？"

他绝对不会再犯错误了。即使没有失去多余的福运，他还是能让她得到幸福。

毕竟，"幸运"和"幸福"从来都是两种东西。

李沐恩松了一大口气："玩笑可不能乱开，以后你可千万不要说这种话来吓唬我了，我才不需要你的偏爱——神爱世人嘛，你给我的爱和给其他人的一样多就够了。”

禄存看了看她，最终还是微笑着闭了嘴。

怎么可能一样多呢？你对我而言，永远是偏心，是例外，是独一无二，是无可替代。

观众席的灯光突然变暗，舞台上的灯光却亮了起来，颁奖典礼正式开始了。

李沐恩立刻正襟危坐，紧张得像个第一天上学的小学生。

禄存看见她摆出这副姿态觉得很是好笑：“为什么这么紧张？对自己没信心？”

听见禄存这么说，李沐恩不由得嘟起了嘴：“你懂什么！现在我身上没有了那么多福运，倒霉和幸运都是很正常的事——以前我不是极度倒霉就是极度幸运，做什么事都能预料到大概的结局。到了现在，我做什么都没底气了。世事无常啊，哪有什么事情是绝对的。”

“谁说没有绝对的事？”禄存凑近她的耳边，“我就绝对爱你。”

李沐恩咯咯一笑，紧张感立刻消了大半：“你最近变得很会说话嘛。”虽然不太想承认，但禄存的每一句话都能哄得她心花怒放。

“看来你很喜欢听。”禄存挑眉，“那太好了，我还准备了很多这样的话要说给你听。”

李沐恩清了清嗓子，重新坐直身子：“别胡闹，旁边还有人呢。”

“反正他们听不懂中文。”禄存向她眨眨眼睛，“李沐恩，我爱你。”

见李沐恩没有回应，禄存不由得靠近了些：“李沐恩，你听到没有？”

李沐恩强忍着笑意：“没有。”

禄存看出了她的小心思：“那我就叫到你听见为止，李沐恩李沐恩李沐恩李沐恩……”

李沐恩被他叫得害臊起来：“别叫了！”

禄存微笑着闭了嘴，周围却响起了叫她名字的声音：“李沐恩！”

不同于禄存的发音，这一声“李沐恩”明显带着奇怪的腔调，像是外国人在吃力地读中文。

李沐恩一怔，随即反应过来是主持人在宣读她的名字。

她得奖了！她真的获得了自己梦寐以求的荷赛奖！

台上的灯光分外耀眼，李沐恩觉得自己手脚虚软，连脑海中预想了千万次的获奖感言都说得磕磕绊绊。

哪怕回到座位上很久，这种做梦一般的感觉仍然没有褪去。

禄存看不下去了：“怎么得了个奖就高兴傻了？”

“这可是荷赛奖啊！”李沐恩咽了一下口水，“我居然真的拿到了！”

“哦？”禄存问，“你很意外？”

“当然啦！我现在又没有福运加成，居然真的拿到了这个奖项……”

“所以说啊，你获奖是依靠你的实力，而不是一味地靠运气——这是你应得的奖励。”禄存揉了揉她的头顶，“现在你感觉到幸福了吗？”

“幸福，当然幸福！”李沐恩拼命点头，“幸运和幸福果然是不一样的。”

她紧紧地把奖杯搂在自己的怀里，瘫倒在座位上。

“这么说来，你当初答应我的三个愿望就只剩下一个没有达成了。”

“你是说，你的真命天子？”

“嗯哼。”

“那么我现在就把他交给你。”

禄存突然从自己的衣兜里拿出一个小盒子。他打开盒子，露出了一枚戒指。

戒指上面镶着一颗璀璨的钻石。钻石熠熠地发着光，如同天上的星星。

“我一直在等一个合适的时机，本想找一个你高兴的时候——不会有比现在更合适的时候了。”

禄存拉起她的手，把那枚戒指戴到了她的无名指上。

“上一世没能抓牢你的手，我很抱歉。这一世，我说什么都不会放手了。李沐恩，嫁给我好吗？”

李沐恩看着他认真的神情，笑了：“好。”

“那一定要抓好我的手不放哦。”禄存微笑道，“因为这一次，我们要一起走很远。”

颁奖典礼结束之后，所有的获奖者照例要集合登台合影留念。

李沐恩搂住禄存的脖子，亲了他一口：“那你在外面乖乖等我哦，我很快就回来。”

禄存点了点头。

他走出会场，看见外面堆满了花篮。这些都是给获奖者的贺礼。

早知道自己也应该提前给李沐恩定一束鲜花，也不知道现在去买还来不来得及。

禄存这么想着，旁边有人拍了拍他的肩膀。

“先生，这是送给您的鲜花，麻烦签收一下。”

禄存听到这个声音不由得一愣。他转过头来，看到紫微正抱着一大束鲜花向他微笑。

眼前的紫微穿着背带裤，长发被利落地束在脑后，俨然是一个熟练的送花工人。

“你还真是……喜欢体验世间百态啊，我的神主大人。”禄存无奈地说。

上次是古董店老板，这次又是送花的工人，他总会在意想不到的地方出现。

“嘘——”紫微伸出手指放在唇边做了个噤声的手势，又向他眨眨眼，“我只是一个送花的。”

他把那一大捧花塞到禄存的怀里。

“祝贺李小姐不靠福运就找到了自己的幸福，也祝贺你，禄存。神明的爱，不是区区凡人可以承受的，除非这个神明能在强烈的爱意中保持理智，不失该有的公正——禄存，祝贺你明白了这个道理，我终于可以放心了。”

紫微笑眯眯地又拍了拍禄存的肩膀。

“恭喜你，现在可以安心地和她在一起了。”

走下回国航班的时候已经是深夜了。

李沐恩和禄存在机场打了出租车，回家的路上，禄存问李沐恩：“下一步有什么打算？”

“你指的什么？”

“荷赛奖也拿到了，人生也圆满了，总归要有别的计划吧？”

李沐恩嘿嘿地笑了：“荷赛奖拿一次哪儿够啊。”

禄存挑起了眉毛：“野心不小嘛。那下一次准备拍什么题材？”

“星空。”

“星空？”

“对啊，星空。”李沐恩指了指车窗外，看得几乎出了神，“你看，是不是很漂亮？”

无论近看还是远观，都美到动人心魄。

禄存望着李沐恩那双亮到发光的眼睛，也不由得失了神。

“是啊，很漂亮。”

那些大大小小的星星布满了广阔的夜空，却都被她的双眸收纳。

禄存察觉到自己的失态，于是清了清喉咙：“明天要不要陪我去约会？”

“才不要。”李沐恩转过头来，“明天我和爸爸他们说好了，要回家吃饭。”

难得的周末，当然要回家团聚，毕竟爸爸工作繁忙，只有周末才有空闲。哪像禄存，随叫随到，时时刻刻都能看见。

禄存一听她这么说就立刻报名：“我也去。”

“不行。”

“为什么不行？你是不是背着我在李桑他们面前说我坏话了？”

“说你坏话还用得着背着你？当着你的面也行啊。”

“哦——”禄存刻意拉长了语调，“那就是你背着我在他们面前偷夸我了？”

“你少自恋！”李沐恩伸出自己的左手，露出无名指上的戒指，“你突然塞给我这个，我总要提前跟家里说一声啊，要不然会吓到他们的！”

李沐恩没有料错，禄存果然吓到了人。

第一次以准女婿的身份去丈母娘家，禄存难免有些紧张。他思前想后，决定先去请教一下陈思达。

“怎么让李小姐的父母认可你，同意把女儿嫁给你？”陈思达挠了挠头，“禄存先生，你这个问题问得很有深度啊。”

“废话少说，具体我应该怎么做？”

陈思达开始认真分析：“一般家长挑女婿，都是先看对方的经济状况，看他能不能给自己的女儿提供日后的生活保障。不过李先生和他的夫人你都见过，他们也知道你的财力水平……那你就表现得体贴一点嘛！有钱又体贴，这样的女婿谁不喜欢？”

禄存觉得很有道理：“那么我要怎么做才能表现得体贴？”

“到了李沐恩家里，一定要抢着做家务。”

“家务？”禄存至多也就饿极了，自己下个厨，事后连餐具都懒得清洗，统统丢给保洁阿姨，他哪里懂什么家务，“比如？”

“刷碗筷。”陈思达认真地说，“反正你们肯定要一起吃饭，吃完饭你就抢碗筷刷。你要让他们知道，李沐恩下半辈子要刷的碗筷都被你承包了。”

禄存郑重其事地点了点头：“放心吧，我一定会把碗抢到手。”

当天晚上，禄存拎着大包小包的礼物来到了李沐恩的家里，连平时素来被他欺负压榨的李桑都有一份。

他还以为李沐恩的家人看到自己多少会露出点惊讶的表情，却没料到大家的反应稀松平常，好像早已预料到会是这样。

这么一来，反倒是禄存开始紧张了。

等到饭菜端上桌，禄存就更紧张了。

因为他发现桌子上根本没有碗筷。

其他人没有察觉到禄存的异常，李父更是热情地把一盘意面端到了禄存的面前：“来来来，尝尝你阿姨的手艺，她做西餐可是有一手的。”

这其实也要怨陈思达没有向生活知识匮乏又认死理的禄存交代清楚，没有碗，刷盘子也是一样的；没有筷子，洗刀叉也不是不行。

一整顿饭，禄存都吃得闷闷不乐。

李父唯恐自己哪里招待不周：“禄存先生，饭菜不合胃口吗？”

禄存连忙摇头。

李沐恩也觉得奇怪，等到饭吃完了，她把他悄悄拉到一边：“你是不是心里藏了什么事？”

禄存很是委屈：“这顿饭不是用碗筷吃的。”害他错失了一个大好的表现机会。

“你可真难伺候。”用刀叉吃顿饭委屈你了？以前又不是没用过，西餐也没见你少吃。

这时候一首儿歌不知道从哪里冒了出来。

在李沐恩全家的注视下，禄存堂而皇之地撸起了袖子，露出了他那块小蜜蜂形状的儿童电话手表。

是陈思达打来邀功的电话：“喂，禄存先生？饭吃完了吧？刷碗筷的效果怎么样？”

一说起这个禄存就来了气：“等我回去找你算账！”

他愤愤地挂了电话，一回头却看见大家都在瞪着眼睛看他。

除了李桑见怪不怪，其他人都是第一次看见禄存的“手机”。

李父看禄存的眼神微妙地改变了，李沐恩的继母也悄悄把她拉到了卧室。

“沐恩哪，你那个男朋友，他也不是不好。这么英俊还这么有钱的男人确实是不好找，可他是不是这里不太好？”继母委婉地指了指自己的太阳穴，“正常成年人怎么会用那样的手机……”

李沐恩咧嘴干笑两声：“哈哈哈，妈，他不是脑子有病，他就是喜欢那种富有童真又可爱的……”

她编不下去了：“好吧，他就是脑子有病。”

好不容易跟父母解释通了禄存缺乏生活常识和正常审美，李沐恩只觉得身心俱疲。

这个神明大人可真不让人省心。

“你能不能换一个手机？”

听到李沐恩这么说，禄存反问：“我这个手机哪里不好？还是李桑帮我挑的呢。”

李桑一听就知道自己要大祸临头：“教授大人，姐夫大人，话不能乱说，锅不能乱甩啊！”

李沐恩哪里听他的解释，上去就是一个锁喉：“臭小子，你知不知道你差点就搅黄了我的婚事！”

“差点？”李桑立刻察觉到了重点，“爸妈同意你们的婚事了？”

“对。”李沐恩回过头来看着禄存，“禄存，我是真的要嫁给你了。”

李沐恩带着荷赛奖回到了杂志社，理所当然地又引发了一阵轰动。

当差距不大的时候，人们通常会对领先自己的人产生嫉妒的心理。可当差距彻底拉开，难以追上之后，这种心情就会转变成单纯的羡慕。

眼下李沐恩已然成了众人羡慕的对象，之前那些无聊的谣言自然不攻自破。面对这样一个令人羡慕的成功女性，谁还会在意那些不知道真假的传言呢？

就连平时和她不算熟络的同事也来找她聊天。女人到底是眼光敏锐，一眼就看到了她左手无名指上的婚戒：“沐恩，你要结婚啦？”

李沐恩点头道：“对。”

同事们的八卦心又压抑不住了：“哪个男人有这么好的福气？沐恩，

你要嫁给谁了啊？”

身后的玻璃墙突然被人轻轻叩了两下，李沐恩回头，看见禄存正手捧着鲜花向自己招手。

陈思达非要将功补过，又给他出了个没事就去李沐恩的杂志社探班的馊主意。

看见他的身影，李沐恩不由得笑了。她转过头来，郑重其事地对同事们说：“嫁给了爱情。”

【全文完】